Não Quero ser Lembrado
Lucas Rezende

Não Quero ser Lembrado

LUCAS REZENDE

SÃO PAULO
|E|M|P(Í)R|E|O|
2016

Copyright © 2016 Lucas Rezende
Copyright © 2016 Editora Empíreo

EDITOR
Filipe Nassar Larêdo

COORDENAÇÃO EDITORIAL
Adriana Chaves

ASSISTENTE EDITORIAL
Carolina Amaral

CAPA, PROJETO GRÁFICO E DIAGRAMAÇÃO
Julian Fisch

REVISÃO
Editora Empíreo

Texto de acordo com as normas do Novo Acordo Ortográfico da Língua Portuguesa (Decreto Legislativo n° 54, de 1995)

DADOS INTERNACIONAIS DE CATALOGAÇÃO NA PUBLICAÇÃO (CIP)
VAGNER RODOLFO CRB-8/9410

R467n   Rezende, Lucas
           Não quero ser lembrado / Lucas Rezende. – São Paulo : Empíreo, 2016.

           216 p. ; 14cm x 21cm.
           ISBN: 978-85-6719-121-8

           1. Literatura brasileira. 2. Romance. I. Título.

CDD: B869.93
CDU: 82-31

[2016]
Todos os direitos desta edição reservados à
EDITORA EMPÍREO
Rua Cajaíba, 451
Vila Pompeia
05025-000 – São Paulo – SP
Telefone: (11) 2309-2358
www.editoraempireo.com.br
contato@editoraempireo.com.br

Todo livro deve ser mantido ao alcance de qualquer pessoa e em contato com os olhos.

CONSERVAR NA TEMPERATURA DO SEU AMBIENTE

|E|M|P|(Í)|R|E|O|

Para Wanildo Ismael de Oliveira Torres, que me ensinou o significado e o valor de cada palavra.

28. MARÇO. 2006

Quando ele finalmente conseguiu sentir o coração desacelerar, a respiração ofegante voltar ao ritmo normal e o cérebro retomar o controle do corpo, até então possuído por um instinto primitivo indomável, já era tarde demais para Bernardo.

Se pudessem, os pensamentos perfurariam seu crânio. A batalha mental ainda era travada, mesmo que o corpo já estivesse sob o domínio de um julgamento racional. O embate entre a voz que repetia que ele fez o que precisava ser feito e a que questionava o que ele havia acabado de fazer era violento. Ele sentia a cabeça latejar a cada novo argumento propagado dentro da mente. Eles ecoavam, como palavras espinhosas no abismo da consciência. Em algum lugar nesse misto de sensações uma parte de Bernardo perguntava se aquilo tudo realmente havia acontecido. Uma sugestão cinicamente cautelosa insinuava tudo isso ser inverossímil demais para ser verdade. Impossível, jamais aconteceria. Mas era real. Tão real quanto a fragilidade do solo trêmulo onde tal afirmação procurara se sustentar.

Num impulso, ele saiu em disparada ao banheiro. Só percebeu que suava quando fitou sua imagem no espelho. Mesmerizado, Bernardo continuou a se observar pelos próximos cinco minutos, esperando que, por algum milagre, seu reflexo pudesse pular para dentro de seu mundo e lhe dizer para não se preocupar, pois ele tomaria conta da situação. Melhor ainda, que ele fosse sugado para o outro lado, para nunca mais ter que lidar com o que estava acontecendo. Outra dimensão em que sua vida fosse perfeita, livre dos tormentos da realidade atual e das provações pelos quais ele precisou passar. A luz do banheiro sobre sua cabeça calva refletia na superfície do vidro, dando-lhe um ligeiro ar angelical. Seria a única intervenção divina que Bernardo receberia. Tudo que viu foram seus poros e pupilas dilatadas. O suor escorria da testa e percorria até a ponta de seu queixo em um córrego contínuo, uma pequena poça formava-se na beira da pia enquanto ele continuava a se encarar emudecido.

Atirou água várias vezes contra o próprio rosto, só para se certificar de que não estava sonhando. O brado persistente que insistia em acreditar na impossibilidade da situação, dentro da mente de Bernardo, foi levado embora com a última carga d'água que se espatifou contra a face pálida. Quando se deu por vencido, sentou na tampa do vaso sanitário com a cabeça pendurada para trás e quis se entregar às lágrimas, mas elas não vieram. Ele queria chorar, seu cérebro sabia que era a reação mais apropriada para a ocasião, mas Bernardo era incapaz. A voz que retumbava *precisava ser feito* estava vencendo.

Foram necessários quase vinte minutos, mas ele reagrupou suas forças — as que conseguiu — e procurou organizar o emaranhado em sua mente o tanto quanto fosse possível e levantou-se. Bernardo voltou ao quarto.

— Foda-se, eu preciso tomar alguma coisa — ele sussurrou. — Também preciso fumar um cigarro. No mínimo uns dez, aliás.

De rosto e alma lavados, Bernardo deu as costas ao cômodo e às preocupações. Não queria ter que pensar nisso enquanto não fosse absolutamente necessário. E, no momento, a prioridade era apenas relaxar, pois era incapaz de raciocinar direito com tantas ideias aceleradas.

Ao percorrer o corredor, Bernardo pensava sobre todos os problemas pelos quais havia passado durante a vida. E em meio a todo desespero, aflição e sofrimento causados, ele enxergava um lado positivo nunca abordado, pelo menos até onde sua memória conseguia alcançar. Não era aprender com os próprios erros ou a maturidade que vem como recompensa após superar uma situação abstrusa. A agradável surpresa tinha outra razão.

Para Bernardo, quanto pior fosse o momento em que se encontrava mais tempo seria necessário para resolvê-lo, e isso poderia ser algo bom. Sim, porque ao dedicar toda sua energia para solucionar uma única adversidade, ele se abstraía do restante. O espaço livre para tratar qualquer outro aborrecimento se extinguia em um apagar libertador. Ele se regozijava no conforto proporcionado por quaisquer obstáculos em seu caminho, pois eles o permitiam, mesmo que somente por alguns minutos, fingir que sua vida era simples a esse ponto. Um objetivo necessário para que, em um pequeno intervalo, a vida fizesse sentido. Nada mais importava além daquela questão em mãos, e aquilo já era suficiente.

Nunca havia se dado conta do quanto o conceito era belo. Nunca havia sequer pensado nisso, para ser sincero. Mas naquela hora, enquanto caminhava em direção às escadas da sua casa, nada mais importava. Bernardo se distanciou de tudo que lhe era urgente por alguns segundos e se doou àquele instante. Acomodou-se no alento de seu próprio pânico, como se fosse um berço, e viu a paz que reina em meio ao caos. Tantas atribulações atacavam-no simultaneamente, e todas se anulavam. Ele era inatingível. Como se o mundo estivesse em câmera lenta, ele poderia escolher com calma o que fazer em seguida enquanto flutuava. E assim o fez.

Desceu as escadas a passos largos e passou pelo corredor em direção à porta da frente a tempo de ver Snoopy, o gato de estimação, amaciando uma almofada no sofá da sala, preparando-se para adormecer.

O felino ronronou suavemente quando o dono acariciou sua nuca, sem se dar o trabalho de abrir os olhos para conhecer quem o afagava.

Bernardo tateou os bolsos das calças em busca de seus cigarros e isqueiro, mas não os encontrou. Apalpou o bolso da camisa, em seguida. Nada. Localizou seus objetos de desejo após um giro panorâmico em volta da sala de estar. Sentou-se no sofá e entregou-se ao vício. A hipnotizante respiração de Snoopy, somada à adrenalina que lentamente abandonava seu corpo — com a ajuda da nicotina — enviou Bernardo a outro plano existencial, como há muito tempo não sentia.

Um alívio quase inebriante o apoderava. Baforava para o alto. Sua esposa, estava morta, e Bernardo estava satisfeito.

25 . JUNHO . 1994

Já passava das duas da manhã quando Bernardo chegou à Flash Vídeos, naquela madrugada de sábado. Caso ele não conseguisse nenhuma garota nas baladas, pelo menos poderia alugar um filme para não sentir que havia saído de casa à toa. Os amigos reclamavam que ele parecia diferente, o vigor e a vontade de sair já não o apeteciam como antigamente e isto afetava o grupo superficial com quem Bernardo se relacionava.

O grupo, em sua maioria, era formado por conhecidos de outras festas ou do próprio trabalho e, para ele, isso nem era um problema, mas o vazio interno que sentia era um indicativo árduo de ignorar. Ele precisava mais do que isso para se preencher. E aos 27 anos de idade, aquilo o perturbava um pouco demais.

Ele escapava às escondidas. Nunca gostou de dar explicações. Exatamente por isso, enxergava a locadora como o seu refúgio particular ideal. Ele apreciava o baixo movimento do horário em que, muitas vezes, somente se tratava dele mesmo e um balconista.

Embora já conhecesse o ambiente como se ele mesmo o tivesse arquitetado, Bernardo, como num ritual, sempre passeava por todos os corredores, varrendo as centenas de capas de filmes com o olhar, antes de fazer qualquer escolha. Raramente ele conseguia absorver qualquer tipo de informação nesta primeira caminhada, tratava-se mais de um exercício para descarregar a tensão de mais uma noite frustrada. De maneira semiconsciente, Bernardo conseguia sentir suas preocupações se esvaírem conforme imergia cada vez mais naquele universo composto por milhares de galáxias e mundos diferentes dentro de caixas de plástico. Caso o filme que estivesse em exibição na tevê o atraísse, ele também dedicava algum tempo da sua atenção para isso.

E apesar de tantas visitas ao estabelecimento, Bernardo não gostava de se considerar um apreciador de filmes. Ele apenas os assistia porque o faziam esquecer da sua realidade por algumas horas. Ele não lia críticas, não acompanhava eventos consagrados como o Oscar ou os destaques dos grandes festivais de cinema e tampouco se dava ao trabalho de pedir uma sugestão ao balconista de plantão. Inclusive, desde que havia desenvolvido o costume de ir a Flash Vídeo — há quase um ano — jamais trocara, com os funcionários, qualquer palavra que não tivesse a ver com o procedimento do aluguel de um filme.

Seu gosto era variado e seu filtro mental inexistente. Ele tinha vontade de viver o máximo de experiências diferentes possíveis sem se levantar do sofá. Queria abraçar tudo que lhe fosse oferecido, sem se submeter ao risco de deixar nada instigante de fora devido a preconceitos. Sem perceber, não só os filmes, mas o costume de frequentar a locadora durante as horas primordiais do dia, antes do nascer do sol, estava se tornando seu segundo vício na vida, naquela época, além dos cigarros.

E foi assim, alheio ao mundo, que no início de sua varredura ritualística, Bernardo não percebeu uma jovem parada à sua frente, naturalmente por não esperar que existisse outra forma de vida em seu caminho, e esbarrou com a moça que precisou recuar dois passos para recuperar o equilíbrio.

— Desculpe, eu não vi você aí, eu estava distraído e... — Bernardo ainda estava assustado com o baque e genuinamente surpreso por encontrar outra pessoa ali, quando notou que se tratava de uma jovem garota de cabelos encaracolados e pele sedosa. Ela deveria ser três ou quatro anos mais nova do que ele e lhe lembrava alguma atriz de cinema que não conseguia arrematar. Ou então só a achava tão bela quanto qualquer uma delas. Bernardo estava atônito. Nas raras ocasiões em que via outras pessoas na loja, normalmente eram homens de meia idade que marchavam direto para a seção de filmes pornográficos. E com todos esses pensamentos sapateando dentro de sua cabeça, não havia sobrado tempo para que pudesse compor um pedido de desculpas mais elaborado. Ele se flagrou aliviado quando ela o interrompeu.

— Não tem problema — ela respondeu enquanto se virava de frente para ele — Só tente ser mais cuidadoso da próxima vez, ok? — Sorriu. Algumas mechas dos cabelos castanhos caíam sobre seus olhos escuros. Antes que Bernardo pudesse acrescentar qualquer outra palavra à conversa, a garota de cabelos cacheados já mirava a prateleira novamente.

Desajeitado, ele procurou reestruturar sua linha de raciocínio e direcionar seu foco às capas das embalagens das fitas, como fazia antes do incidente. Andou alguns passos para que a moça ficasse atrás dele e levou o olhar de um canto da loja até o outro, assegurando-se de que ninguém mais se encontrava no recinto.

Quando recomeçou sua caminhada, não levou mais do que cinco minutos para que uma inquietação incomum se alojasse em sua mente. Por mais que tentasse, Bernardo não estava conseguindo se concentrar. Era como se algo tivesse perturbado o equilíbrio do lugar. E era óbvio que tinha, e ele sabia exatamente o que era. Tornou a girar a cabeça por toda a sala, em busca da responsável por isso, mas a garota havia desaparecido.

Bernardo ficou tão incomodado, que pela primeira vez deixou o local antes das três da manhã e sem levar filme algum para casa. Havia acabado de acender um cigarro, o terceiro desde que havia deixado a locadora, a cinco quarteirões. Eles teriam que acalmá-lo, uma vez que todo o seu ritual matutino fora atravancado. Ele já sabia que o porteiro o mandaria apagar o cigarro quando entrasse no prédio, então o atirou no chão com um peteleco antes que precisasse escutar aquela voz morosa de quem estava dormindo na cabine há 30 segundos e agora decidiu citar as regras do condomínio. Passou direto por ele sem dizer nada, quando adentrou o edifício, e apertou o botão para chamar o elevador. Assim que começou a subir, acendeu outro cigarro.

Seu quarto e sala era um refúgio. Ali poderia ser quem era de verdade, sem se preocupar com o que a sociedade pensaria. No quarto, ele tirou a camisa e as calças, as arremessou sobre a cama e deu a última tragada da madrugada só de cueca, observando a cidade adormecida, através da janela. As poucas luzes que ainda persistiam em iluminar os paredões negros dos edifícios pareciam apenas uma extensão do céu estrelado. Absorto nesta paisagem, ele ponderava quantas outras janelas escuras como a sua estavam habitadas por solitários como ele, naquele momento. A ponta do cigarro, ainda acesa, cortava a escuridão rodopiando enquanto descendia em direção ao telhado para onde Bernardo a havia atirado.

Tom, o gato de estimação, era sua única companhia além dos atores que residiam atrás da tela de sua televisão de 20 polegadas. O bichano passeava por entre as pernas de Bernardo, esfregando o pelo aveludado contra as cabeludas canelas do dono, em um exercício mutuamente relaxante. Mas ele estava distraído demais para retribuir o afago.

Bernardo estaria mentindo se dissesse que já tinha esquecido o que ocorrera mais cedo. Fora tudo muito depressa e repentino. Eventualidades como essa simplesmente não aconteciam com ele. O modo como ela surgiu e desapareceu em questão de minutos fora a principal razão para a inquietação que ocorreu logo depois. Era o que ele pensava, tentando se convencer de que a beleza da moça não o havia atingido. Esfregou os olhos com as costas das mãos e conferiu o relógio de pulso. Já passavam das três e meia. Deu-se por vencido. O dia que se passara não lhe reservara mais nenhuma surpresa. Deitou.

6 . SETEMBRO . 1994

Brenda? Será que tem cara de Brenda? Quem sabe Júlia. Talvez algo mais forte. Elvira! — Bernardo estava deitado com as mãos entrelaçadas atrás da cabeça, de olhos fechados, procurando assimilar um nome ao rosto que enxergava com perfeição quando fechava os olhos.

Ele jamais admitiria, mas seu acidental encontro com a garota cacheada lhe casou um impacto maior por dentro do que por fora, além da esmagadora vergonha que lhe perseguia toda vez que se recordava do episódio.

Maior que tudo isso, Bernardo estava intrigado. Já fazia mais de dois meses desde aquela madrugada, no entanto, ele ainda se perguntava quem era aquela garota, o que a fez surgir misteriosamente em seu recanto espiritual, atormentando sua paz, para depois evaporar tão inexplicavelmente como quando apareceu.

Ele não gostava — e nem acreditava — da expressão "amor à primeira vista", mas uma inquietude tomava conta de seus pensamentos quando se pegava imaginando o cenário várias vezes por dia.

Quem era esta pessoa? Será possível que temos algo mais em comum além de estarmos no mesmo lugar e na mesma hora em certa madrugada? Seria eu mesmo o culpado por ela nunca mais ter retornado à locadora? — Ele se torturava diariamente.

A pacata vida que Bernardo levava o impedia de refletir sobre outro assunto. Os amigos o achavam reclamão e velho de espírito, as saídas à noite rareavam-se cada vez mais até extinguirem-se por completo. Recluso, Bernardo focara, de má vontade, em seu trabalho, por falta de melhor opção para manter as dúvidas sobre suas próprias escolhas afastadas.

Cercado por homens e mulheres de meia-idade com problemas conjugais e conversas que se resumiam nas melhores rotas para dirigir até o trabalho e a trama das novelas noturnas, Bernardo se julgava jovem demais para merecer passar por tal sofrimento. Retraído, mergulhava em suas funções e não mantinha qualquer conversa além do obrigatório. Embora enfadonho, o emprego no setor de almoxarifado de uma transportadora lhe garantia sua independência financeira, e era tudo que um homem como ele necessitava. Um estilo de vida despreparado para lidar com peças como a que lhe foi pregada meses atrás. Moldado pela rotina, exaltações abalavam todos os alicerces que sustentavam o adulto que tinha se tornado. Monótono, uniforme, sacal.

Em uma mescla de falta do que fazer e um desejo obscuro de reencontrá-la, Bernardo passou a frequentar a Flash Vídeos muito mais do que de costume. O hábito outrora reservado para noites infrutíferas de perseguição ao sexo oposto em clubes lotados, com música ensurdecedora, tornou-se uma busca diária pela garota cacheada, já que depois de encontrá-la, as baladas perderam o pouco sentido que ainda tinham.

Violentando todos os seus princípios, Bernardo já não ligava para quantas pessoas se encontravam dentro da locadora de vídeo. Ele aparecia desde as 19h, quando deixava a firma, até as mais lúgubres horas da noite. Em certas ocasiões, deslizava ligeiro pelos corredores e saía em menos de cinco minutos, só queria se certificar de que ela não estaria lá. Regressava horas depois para locar alguma fita aproveitando o pretexto para fazer mais uma vistoria.

Engolia qualquer porcaria requentada que houvesse sobrado na geladeira, fumava quantos cigarros precisasse para relaxar e adormecia, às vezes por três ou quatro horas até seu despertador o agredir com um choque de realidade. Nos fins de semana, zanzava pelas ruas como um espírito infeliz, preso ao plano terrestre por alguma maldição sofrida quando vivo.

Sisudo, Bernardo aliviava-se com os sons da cidade. Perambulava sem rumo por avenidas, praças e becos. Sirenes, buzinas, motoristas e pedestres xingando-se, latidos de cachorros e os estampidos apressados de quem deseja chegar logo em casa e colocar os pés para cima. As melodias explodiam dentro de seus ouvidos como granadas, mas não o agrediam. O redemoinho sonoro transbordava vida, e Bernardo permitia-se ser tragado. Vez ou outra se encontrava a quilômetros de casa, mas percorria a pé o trajeto de volta contente, nem sentia suas panturrilhas queimarem, era como se boiasse em um mar tranquilo e as ondas o impulsionassem para seu apartamento.

Nunca adepto de transportes públicos, só dirigia seu velho carro usado quando necessário. Tantas caminhadas eram o único motivo por não ter engordado após os contínuos anos de incessante consumo de alimentos industrializados. Não era esguio como aos dezoito — já exibia um discreto volume por debaixo de suas camisas —, mas os quilômetros percorridos diariamente retardavam o processo. Bernardo encarava o exercício como um bônus, marchava por prazer. No entanto, suas costumeiras nuvens de fumaça baforadas eram um lembrete sutil de que saúde não era uma prioridade.

Nos dias mais tenebrosos, no entanto, Bernardo isolava-se em uma vivência insignificante. Não fosse pela fumaça de seu cigarro na janela, os vizinhos o dariam como morto. As únicas vozes que emanavam do apartamento eram enunciadas pelo televisor, em volume baixo, para não perfurar sua redoma particular de pensamentos. Como se pudessem ser esparramados pelo assoalho diante de qualquer ameaça de barulho desconhecido.

Tom aprendera com o tempo a não perturbar seu companheiro quando o encontrava neste estado. Cuidadoso, o felino resguardava-se em qualquer canto do apartamento, saindo apenas em busca de algum resto de comida quando sua vasilha de ração não estava preenchida.

Envolto em questionamentos pessoais, Bernardo atravessava a maior parte desses dias intrigado sobre a humanidade. Desde vícios que iam muito além da nicotina até a necessidade de preencher o vácuo residente dentro de todos os seres humanos.

Bernardo perguntava-se se o amor era a única maneira de encontrar felicidade plena. Se todos os seres vivos merecem ser amados, até os mais hediondos, e se o único propósito de viver é morrer. Ser feliz seria uma consequência reservada para poucos, não uma finalidade?

Aturdido pelos inúmeros filmes que assistiu, Bernardo encontrava-se num impasse. Adorava desbravar os segredos, emoções, aventuras e até mesmo o sofrimento dos personagens que conhecia. Indivíduos fictícios que lhe eram mais reais do que todos ao seu redor, incluindo a si próprio. O conceito ia além de sua compreensão.

— Como uma realidade pífia poderia gerar contos tão fantásticos? — Perguntava-se constantemente.

Imerso em seus devaneios, ele sofria queimaduras ao deitar no sofá com um cigarro aceso entre os dedos, esquecendo-se de sacudir as cinzas enquanto refletia. Seus dedos eram as principais vítimas, mas o estofado também já apresentava algumas cicatrizes. Como um alarme, o fogo contra sua pele quebrava sua hipnose. Após aplicar água na carne tenra, o ciclo se repetiria.

Tratava-se de mais uma sexta-feira maçante. Bernardo observava o pique e a alegria de seus colegas de trabalho, todos empolgados para os poucos momentos de puro prazer que a vida lhes permitia, comprimidos naquela noite, até o domingo. Ele não sabia dizer se os invejava ou os achava patéticos. Sua indiferença quanto àquelas pessoas lhe impedia de definir uma distinção nítida. E ele gostava assim.

Sem maiores pretensões, Bernardo inconscientemente vagueou pelos conhecidos mosaicos que formavam as calçadas em frente ao edifício onde trabalhava. Sem prestar atenção, seus pés tornavam a guiá-lo até seu recôndito costumeiro, não longe dali.

Quando deu por si, pairava diante da vitrine da Flash Vídeos, seu reflexo confundia-se com o pôster de um filme de ação colado na face interior do vidro. Bernardo tentou entender a criatura formada por seus trajes formais do trabalho e o musculoso suado empunhando uma metralhadora, à sua frente. Ensaiou um sorriso por tamanha imagem ridícula formada em sua mente. Deu de ombros e atravessou a porta automática.

O movimento estava baixo para uma noite de sexta-feira, dois casais caminhavam por entre os corredores de prateleiras. Bernardo observou as disparidades do quarteto.

O casal mais jovem — não poderiam ter mais do que 21 anos — cambaleava ao tentar se locomover como um só ser, pois o rapaz não desistia de abraçar sua namorada por trás enquanto andavam. Eles soltavam gargalhadas em uníssono e procuravam recobrar o equilíbrio a cada passo dado em falso. A escolha do que assistir era secundária, mas levaram um filme de terror cômico que Bernardo já havia visto e reprovado.

Quem sabe seja uma experiência diferente a dois? Considerou em pensamento.

O segundo par era mais maduro, passavam dos trinta. Sérios e pragmáticos, ele estranhou como chegaram juntos, mas caminharam para seções diferentes assim que entraram. Ele, nos dramas. Ela, nas comédias.

Será difícil chegar a um consenso, pensou enquanto manuseava as capas na estante dos lançamentos do mês.

Com as escolhas feitas, eles se encontraram no meio do corredor central — cada um com um filme na mão — e após uma pequena discussão, beijaram-se rapidamente e alugaram ambos. Saíram de mãos dadas e desapareceram dentro de um sedan com películas.

Ao fim do passageiro entretenimento, a atenção de Bernardo voltou-se para o emaranhado de fotos e letreiros descansados sobre as prateleiras. A imensidão de possibilidades de histórias diferentes nunca falhava em lhe surpreender. O crescimento voraz da indústria cinematográfica que produziria sempre cada vez mais era um alívio. Uma garantia de que se nada der certo, jamais lhe faltariam novas histórias para descobrir.

E foi perdido nessa vasta noção que, pela segunda vez, a garota cacheada infiltrou-se em sua vida.

— Ei, tá tudo bem? — Ela indagava em um tom insistente. Bernardo não havia percebido, mas já era a segunda vez que a moça tentava chamar sua atenção. A primeira tentativa falhara enquanto ele analisava a estante à sua frente.

Bernardo não sabia o que fazer agora que finalmente seu objeto de desejo pairava do lado oposto da estante, de modo que só conseguisse enxergá-la dos ombros para cima. Tanto tempo relembrando seu rosto, e tentando adivinhar seu nome, que ele se esquecera de pensar no que faria se a encontrasse outra vez.

Separados por alguns centímetros de madeira e dezenas de filmes, que instantaneamente tornaram-se os objetos mais insignificantes do planeta, Bernardo replicou em um reflexo instintivo.

— Sim, claro. Tudo bem! Tudo bem com você? — Assim que as palavras foram pronunciadas, Bernardo surpreendeu-se ao não ter gaguejado, tamanha velocidade em que as exprimiu. Ele a mirava com atenção, com receio de nunca mais vê-la novamente. Com certeza não tinha cara de Brenda. Elisa, talvez.

Ela ignorou a estranheza da situação e a pergunta de Bernardo.

— Será que você poderia me ajudar? Gostaria de uma sugestão. Você poderia me recomendar algum bom filme sobre superação?

Bernardo estava desnorteado. Primeiro, a mulher por quem estava obcecado, durantes os últimos dois meses, materializou-se à sua frente. Como se não bastasse, agora o estava instigando a criar uma conversa. Ele encarou o ocorrido como um presente do destino e desistiu de calcular as possibilidades daquilo acontecer.

— Superação? O que exatamente você quer dizer com isso?

— Ele tentava soar calmo, mas se não acelerasse as palavras, sua voz certamente racharia antes do fim.

Ela virou os olhos levemente, mas não perdeu a paciência.

— Você sabe, superação. Uma pessoa vive uma vida perfeita, de repente algo horrível acontece, mas no fim ela consegue superar aquela situação e tira um aprendizado daquilo tudo. Superação, entende?

— Ah, sim, claro! Superação! Bom, existem vários filmes que abordam esse tema. Vamos ver, você já assistiu a *Carruagens de Fogo*? *A Felicidade Não Se Compra*? Sei lá, qualquer um da série *Rocky Balboa*? — A conversa ficava mais interessante à medida que a desorientação de Bernardo crescia. Sua vontade de questionar a razão do que estava acontecendo era somente inibida pelo receio de arruinar tudo.

— Esses dois primeiros eu já vi e não suporto o sotaque do Sylvester Stallone para aguentar ver qualquer "Rocky". Você não pode me recomendar algo menos conhecido? Pensei que vocês, funcionários da loja, fossem mais entendidos desse assunto.

De repente, o mundo voltou a fazer sentido. Bernardo se xingou mentalmente por não ter compreendido antes.

— Funcionário? Mas eu não trabalho aqui!

A garota franziu o cenho e semicerrou os olhos, recusando-se a crer no que acabara de ouvir.

— É sério? Mas eu já vi você aqui antes! Aliás, quase todas as vezes que eu vim aqui! Por isso pensei... — Ela continuava a se explicar, mas Bernardo já não ouvia. *Já vi você aqui antes. Quase todas as vezes que eu vim aqui.* A confusão recuperava suas forças dentro de Bernardo. Ele não queria parecer pervertido, mas estava intrigado. *Como essa garota me viu tantas vezes e eu só consigo encontrá-la quando não estou procurando?* — Ele martelava internamente. Procurou uma abordagem cuidadosa.

— Ué, me viu? Engraçado. Eu não me lembro de ter visto você nenhuma vez. E eu realmente estou sempre aqui.

— Você está me chamando de mentirosa? — Ela apoiou as mãos sobre a prateleira e aproximou-se do rosto de Bernardo com um olhar intimidador.

Bernardo deu um passo para trás por instinto, mas logo retomou sua posição original. *Que tipo de pessoa confronta alguém dessa maneira?*, pensou.

— Olha só, moça. Eu não estou acusando você de nada, mas apesar de não trabalhar aqui, frequento esse lugar quase diariamente, então acho que teria reparado se você tivesse passado por aqui nos últimos meses.

— Pois saiba que eu não sou uma desocupada feito você. Não venho aqui todos os dias. Se digo que te vi antes é porque te vi no mínimo três vezes nos últimos meses. Algumas vezes você estava saindo e não me viu entrar, porque eu venho pelo outro lado da rua! Por que diabos eu iria mentir? A jovem respirava um pouco mais depressa, como de costume sempre que ficava nervosa. Ela estava prestes a encerrar a discussão, mas sua língua agiu sem permissão.

— E não se faça de tonto. Não faz muito tempo que você estava aqui feito um zumbi na madrugada e deu uma trombada em mim, seu panaca! Eu não esqueço rostos tão facilmente.

— Nem eu — Bernardo murmurou para si. Apesar do conflito, ele deleitava-se com o momento. Ali estavam, conhecendo-se através de um mal-entendido. Ela o achava um idiota, mas lembrava de seu rosto. Lembrava-se de todas as vezes que o viu, incluindo o dia em que ela entrou em sua vida. Pela primeira vez em 27 anos, Bernardo não estava sentado em frente à televisão para experimentar algo que só acreditava acontecer com personagens de filmes.

— Achei que você não se lembraria desse dia — ele respondeu, mal escondendo a exaltação — Me desculpe novamente, às vezes eu posso me distrair.

A garota cacheada já estava mais calma. Sua raiva aos poucos se convertia em curiosidade. O rapaz esquisito lhe cativava com sua estranheza. Ele não era bonito, tampouco simpático, mas algo indefinido a envolvia. Ela queria ver filmes, não conversar com um desconhecido.

— Por que você passa tanto tempo aqui se nem é funcionário?

— Bom, eu gosto de filmes. Esse lugar é perto da minha casa e do meu trabalho de verdade, então é fácil para eu vir até aqui. — Bernardo ainda não se sentia à vontade para dizer que essa mesma conversa era o motivo das recorrentes visitas à locadora. Não encontrava um meio aceitável para dizer que fazia aquilo por não ter nenhuma perspectiva no futuro antes dela surgir em sua vida. Ele ficou um pouco ansioso ao considerar a possibilidade de confessar tudo, mais cedo ou mais tarde. Por enquanto, somente acompanharia o ritmo da moça.

— Entendi — ela rebateu, seca.

Então, um silêncio desconfortável tombou sobre o par. Ambos queriam continuar a conversa, mas não sabiam o que dizer sem parecerem intrusivos. Bernardo partilhava o maior momento de intimidade de sua vida desde quando deixou sua família e cidade natal para trás. A garota cacheada nunca havia abordado um desconhecido antes, geralmente o contrário lhe acontecia. Não obstante, ali estavam. Ela nunca havia reparado como é difícil se encarregar de parecer cativante para um anônimo. Por um breve instante, admirou todos os homens que já a abordaram em festas, somente pela coragem em parecer um completo idiota. "Anônimo", a palavra retumbou em seu pensamento. Lembrou-se mais uma vez dos palermas das boates e — por falta de experiência — seguiu o exemplo.

— Meu nome é Patrícia, a propósito. — Ela já se sentia como uma imbecil. Conhecer alguém nunca havia sido tão complexo. Em sinal de paz, ela estendeu o braço por cima da prateleira, oferecendo um aperto de mão.

Patrícia! Finalmente! Ele pensou. *Eu nunca teria acertado.*

— Bernardo. — Ele envolveu sua mão na de Patrícia. A maciez daquele toque era algo inédito para ele. — Bernardo recolheu sua mão bruscamente antes que começasse a suar.

— Bom, eu estou com fome. Conhece algum lugar bom para se comer por aqui? — Aos poucos ela tomava gosto por comandar a situação.

— Claro, conheço alguns, sim. Mas então você desistiu de levar qualquer filme?

Patrícia puxou o primeiro invólucro ao seu alcance.

— Já fiz a minha escolha — ela disse enquanto sacudia a capa de *Apocalypse Now* por cima da barreira.

Você vai se decepcionar se está procurando superação. Ele pensou. Mas obstinado em não contrariá-la, respondeu com um sorriso. — Excelente!

No fundo de uma velha lanchonete árabe, Patrícia mastigava um pedaço de quibe enquanto Bernardo sorvia a espuma de cerveja que quase transbordava de seu copo. Sentado de frente a ela, entretinha-se com a voracidade de Patrícia. Ele não sabia se a garota estava faminta ou se sempre se portava assim à mesa. Mal haviam trocado palavras desde que acomodaram-se em suas cadeiras. Entre uma mordida e a próxima, ela agradecia Bernardo por ter recomendado o local ou voltava a manifestar seu apreço pelas iguarias.

Após um quibe e um suco de morango, Patrícia sentia-se satisfeita. Ela não tinha a mesma noção que Bernardo quanto ao tempo em que estavam sem interagir. Só notou o desconforto quando percebeu que ele a fitava, taciturno.

— Eu queria te agradecer por ter me acompanhado até aqui mesmo depois de eu ter sido grosseira lá na locadora. Você é bem paciente com as pessoas.

— Ah, não foi nada. Você estava com fome, eu te ajudei como pude.

— Você ajudou mais do que pensa. — A frase saiu com custo.

Patrícia sentia algo diferente em Bernardo. Algo nele a deixava à vontade para falar sobre o que bem entendesse, mas seu lado racional ainda brigava para lembrá-la que se tratava de um recém-conhecido à sua frente.

Bernardo dava um longo gole em sua cerveja quando ouviu as palavras de Patrícia. Seus olhos se abriram um pouco mais por cima do vidro embaçado em seu rosto, mas antes que o líquido deslizasse por sua garganta, ela já estava falando novamente.

— Não sei se você chegou a se questionar isso, mas sei que eu devo parecer estranha, vagando na madrugada por aquela locadora, procurando filmes de superação. Bom, talvez não pra você, já que está lá praticamente todo dia. Acho que é por isso que não sinto como se você fosse me julgar. — Patrícia desinibia-se conforme falava, como um estudante que precisa repetir a matéria em voz alta para fixar o aprendizado.

— Bom, acho que não existe ninguém melhor para escutar os meus problemas que um estranho, não é verdade? Alguém que não vai ser influenciado por coisas que eu fiz antes ou que vai procurar me encher com falsos moralismos. Você não me conhece, então vai ficar quietinho e vai me escutar.

Sei que isso tá te entediando, Bernardo, mas prometo que vou procurar ser breve e depois disso você pode voltar para a Flash e eu prometo que começo a frequentar outra locadora e te deixo em paz pra sempre.

Contrário à crença de Patrícia, Bernardo estava tão interessado em ouvir quanto ela em contar. Acomodou-se melhor em seu assento e mirou a moça com atenção. Ela removia algumas mechas do rosto para trás da orelha, preparando seu discurso. O silêncio no olhar compenetrado de Bernardo era sua permissão para revelar o que quisesse.

— Vou ser objetiva. Estou no pior momento da minha vida. Já faz um semestre que perdi meu emprego e tenho vivido somente das economias que fiz ao longo dos últimos anos. Essas são as vantagens de ser boa com números, grandes empresas sempre precisam de você! Até que eles não precisam mais. Por enquanto, não me falta nada, mas me assusta pensar no futuro. Sei que só tenho 24 anos, mas atualmente me falta o conforto de familiares e pessoas queridas para me consolar, e isso tem sido difícil. O que me leva ao meu segundo problema e, consequentemente, a você.

"Há três meses, já desempregada, o vagabundo do meu ex-namorado se assustou com a possibilidade da minha condição interferir na porra de vida confortável que ele levava às minhas custas e me abandonou. Não que isso tenha feito tanta diferença, pois eu já pagava, sozinha, as contas do nosso apartamento, de qualquer jeito. Eu sinto falta da companhia dele, principalmente à noite, mas sei que é a solidão falando, não o amor. Amor é algo que eu pensei que conhecia, mas pelo visto, me enganei.

"Ainda assim, a solidão já incomoda um bocado. Nas noites ou madrugadas em que o fantasma dele mais me assombrava, eu chegava a centímetros de pegar o telefone e pedir para que ele voltasse. Eu colocava na minha cabeça que conseguiria logo outro emprego e assim ele voltaria para mim e tudo ficaria bem de novo. Nós ficamos juntos por dois anos e meio e eu achei que seria pra sempre. Para mim, às vezes ainda é difícil acreditar que acabou desse jeito.

"Então quando o desespero me assolava, eu cheguei a ir até as últimas consequências. Fui até o apartamento onde ele está morando com um amigo, agora, três semanas após terminarmos. Falei para ele que não poderíamos deixar tudo que construímos desmoronar assim. Ele disse que me entendia, que estava disposto a tentar mais uma vez. O que ele realmente queria era só mais uma transa, na verdade. Eu dormi com ele naquela noite e ele nunca mais me procurou desde então. Filho da puta! Me dá ódio só de lembrar. — Ela lacrimejava pelo canto do olho esquerdo, e enquanto prendia outra mecha atrás da orelha, aproveitou para limpar a lágrima, na esperança de que Bernardo não notasse.

— Depois dessa burrice, eu prometi que nunca mais o procuraria. E sempre que a carência atrapalhasse os meus sentimentos, eu me lembraria daquela noite. Não vou dizer que foi fácil, ainda fiquei a segundos de telefonar para ele, e embora morra de vergonha de admitir, eu insisti no erro. O prédio onde ele mora não é muito longe daqui, embora o meu seja. Eu pegava o metrô para ir até a casa dele, tentar conversar de novo. Ridícula, eu sei. Mas nunca cheguei a fazer isso, aparentemente eu ainda tinha algum resquício de amor-próprio ou de lucidez. Eu parava do outro lado rua e me xingava, por ser tão burra. Coisa de 20 ou 30 minutos plantada na calçada encarando a fachada do prédio, como uma louca. Por um milagre, ele nunca me flagrou.

"No meu caminho de volta, eu fazia de tudo para me convencer de que aquilo não era amor. Nem uma vida digna de se viver. Eu precisava de uma distração para me aliviar do estresse do desemprego e da dor da perda. Meus pais nunca gostaram dele e só souberam me dizer "*eu avisei*" quando contei o que aconteceu, então não falo com eles desde então, também. Eu sabia que isso seria difícil, mas não tanto, pois sou muito apegada ao meu pai.

"Foi durante essa andança que me deparei com a Flash Vídeos. Entrei imaginando que não tinha nada a perder. De repente um filme poderia me distrair por duas horas e alegrar meu dia. Comecei a me interessar por histórias de superação. Sei que é ridículo e parece coisa de autoajuda, mas funciona para mim, o que eu posso fazer? Esses filmes me davam esperança, pois os personagens precisavam superar obstáculos muito piores que esse drama que eu estou fazendo. Eu sei que era exagerado, que era Hollywood, mas caralho, como me fazia bem. Mesmo sabendo que eu não poderia gastar dinheiro com isso na condição em que me encontrava, o processo tornou-se habitual. Era um preço barato para não cometer nenhuma idiotice.

"Só o fato de praticar aquilo me ajudou bastante a esquecer. A cada dia, eu dava meia-volta mais longe da casa do Daniel e me encaminhava para a Flash Vídeos. Essas pequenas vitórias são as mais importantes. Agora já me pego locando filmes por mim, não mais por ele. Desço do metrô e sigo o caminho da locadora, não o dele. Claro, eu ainda estava te perguntando sobre filmes de superação, mas acho que isso é apenas porque eu me acostumei ao estilo. Hoje, as minhas noites de sono são muito mais tranquilas graças a eles. E foi durante uma dessas vezes que você trombou em mim. E foi o que nos trouxe até esse ótimo restaurante árabe, também.

"Nossa, como é bom colocar para fora tudo que você sempre quis dizer, assim, de uma só vez, não é? Obrigada por me escutar. — Ela sorria acanhada, lutando para não deixar as lágrimas escorrerem.

Por todo o tempo em que Patrícia falou, Bernardo não manifestou qualquer reação. Não por insensibilidade, mas por total falta de experiência. Aquilo estava indo rápido demais para ele. Não era normal começar o dia da mesma forma como fez desde que nasceu e de repente vivenciar todos os anos de interação humana profunda que perdeu, de uma vez. Principalmente se tratando de quem era a outra pessoa.

Afogado pelo tsunami sentimental, Bernardo proferiu duas palavras, quase inaudíveis.

— De nada. — Incapaz de assumir o controle da cena.

Patrícia estava leve. Nunca um desabafo lhe foi tão satisfatório. Ela sentia-se capaz de voltar para casa carregada pelo vento. Embora prometera deixar Bernardo em paz quando terminasse seu monólogo egocêntrico, ela não queria abrir mão daquela sensação. Temia desperdiçar algo raro. Ele poderia odiá-la, achá-la maluca, porém, àquela altura, Patrícia encontrava-se em um plano consciente livre. Isento de consequências. Levantou-se da cadeira em um salto e inclinou-se para frente. Com uma mão apoiou-se no tampo da mesa, com a outra entrelaçou seus dedos nos cabelos da nuca de Bernardo e o beijou.

5 . OUTUBRO . 2005

— Vai se foder, Patrícia! — vociferou Bernardo antes de bater a porta da frente.

— Caralho, vai se foder. Isso é insuportável — resmungou já do lado de fora de casa, encaminhando-se até o carro. — Que inferno essa casa se tornou.

Ninguém me avisou que casamento seria tão difícil assim, pois meus amigos — se é que posso chamar assim aqueles idiotas do escritório — não ligam o bastante para se preocuparem com o meu bem-estar. Minha família, que piada, esses aí só estavam felizes por eu ter conseguido uma mulher. Mas os filmes, eles me alertaram. Para cada história de amor açucarada existem milhares sobre como relacionamentos podem destruir a vida das pessoas. Até mesmo nessas comédias românticas imbecis, os casais sempre passam por problemas sérios antes de se reconciliarem. As brigas são sempre os aspectos mais reais dos casais fictícios. Todos nós podemos nos identificar com elas, é por isso que elas estão ali, para dar realidade. Os finais felizes, por outro lado, esses são reservados para o 1% afortunado da população. Os casais que todos odeiam, por não viverem nesse mundo perfeito.

É mesmo normal que essa seja a nossa vida? Ser infeliz e conformado é o fluxo comum das coisas porque sempre foi assim? Caralho, que merda de sociedade nós vivemos. Eu preciso de um cigarro.

Bernardo acendeu o cigarro com o isqueiro do carro e abriu uma fresta da janela. Ele sabia que Patrícia reclamaria do cheiro impregnado nos bancos, mas se lixava. Ele gostava da pequena rajada de vento colidindo contra o seu rosto e só aquilo lhe interessava.

O passeio lhe acalmaria, mas os pensamentos não o abandonariam. Era apenas uma questão de fazer as pazes com o comodismo. Reconfortava-se ao considerar este mais um problema da sua era. Rotina, hábitos, você precisa amá-los, ou eles te consumirão. Bernardo tentava lutar contra, sem sucesso. Sua indignação era produto de raiva. Só se lembrava do quanto o mundo era um lixo quando aborrecido, então aproveitava para culpar a sociedade. Em sua mente, a verdadeira responsável.

Bernardo assustava-se consigo mesmo, às vezes. Não era uma pessoa raivosa. Ou pelo menos fazia tempo que havia deixado de ser. Tinha medo e nojo do seu monstro interno, há tanto adormecido.

Ele descansava a cabeça contra o vidro e contemplava a fina fumaça azulada subir pela fresta. Por fora, plácido. Internamente, ensurdeceria o bairro inteiro se eles o pudessem ouvir gritar.

Soprou a última tragada para o alto e girou a chave na ignição.

— Isso não pode estar acontecendo de novo. — anunciou em voz alta, como se alguém o acompanhasse. Acelerou em direção à rua.

3 . NOVEMBRO . 1995

— Patinha, eu nunca te contei isso e espero que você não me odeie depois que eu contar — ele disse, virando seu rosto de frente para o dela. As pontas dos narizes se resvalando conforme os lábios formavam as palavras.

— Não posso prometer nada, se você me traiu ou algo do tipo, é bom dizer logo. E por que você iria escolher falar sobre isso logo após o sexo? Eu hein.

— Não é nada disso, sua boba, eu quero só que você me escute. É sobre como eu comecei a gostar de gatos. Acho que isso não tem muita importância para você, mas nós já estamos namorando há mais de um ano. Eu nunca tive um relacionamento tão duradouro assim com alguém, eu acho que me sinto bem para dividir isso com você, já que nunca dividi com ninguém.

— Nossa, mas com uma sinopse como essa eu até fiquei interessada. Quando você começou a falar eu não estava esperando nada além de 'mãe, eu vi ele sozinho na rua, podemos ficar com ele?', mas acho que agora você tem a minha atenção. E mesmo que não tivesse, não seria como se eu tivesse opção, não é verdade? — Ela sorriu sem mostrar os dentes. A boca larga adotou um formato quase como o da letra "V", uma forma que ele já se acostumara a ver sempre que ela tentava implicar com ele.

Ignorando a provocação, Bernardo virou-se de peito para cima e encarou o teto. Quando considerou revelar a lembrança, há pouco mais de dois minutos, pensara que conseguiria fazê-lo olhando dentro dos olhos de Patrícia, mas antes mesmo que seus lábios pudessem se mexer, ele soube que não seria possível. Mas fitando as bolhas de infiltração que se formavam sob o teto de gesso acima da cabeceira da cama, ele encontrou uma maneira.

— Eu não deveria ter mais do que nove anos quando o jornal começou naquela manhã. Era quase hora do almoço e eu sempre brincava perto da tevê enquanto esperava meu pai chamar para sentar à mesa. Naquele tempo meu pai havia perdido o emprego e ficava em casa enquanto minha mãe trabalhava o dia todo, mas isso nem vem ao caso. Não sei se você se lembra dessa história, sobre um incêndio que aconteceu na casa de uma família de classe média nos subúrbios da cidade, não me recordo dos nomes de nenhuma das vítimas, mas isso também não vem ao caso — ele tropeçava nas palavras, como quem conta uma mentira e constrói a história na cabeça ao mesmo tempo em que já está falando.

Patrícia cogitou comentar que não tinha recordação alguma do incêndio, mas conseguiu enxergar com o canto dos olhos que Bernardo, na verdade, não esperava uma resposta, e que se fosse interrompido, talvez não voltasse a falar. Desviou o olhar do rosto dele e continuou ouvindo com atenção.

— Também não me lembro da origem do fogo, mas me lembro da imagem da fachada carbonizada e os buracos nas paredes que nos deixavam ver os bombeiros andando pelos cômodos enquanto a repórter conversava com um dos oficiais que estava no comando da operação. Ele dizia que a casa havia sofrido danos irreparáveis, mas que isso era o menor dos problemas, pois dos quatro membros da família, só um teria sobrevivido, a filha mais velha, de seis anos, que se chamava Carolina Vargas. Embora isso já fosse assustador o suficiente para um menino de nove anos de idade, ainda não era esse o motivo de eu ter me chocado. Mas acho que isso não é culpa minha, as crianças nunca levam a sério o que está sendo dito nos jornais. De qualquer forma, o coronel ou tenente, ou seja lá o que for, dizia que o incêndio havia acontecido durante o fim da madrugada e que levou a manhã toda para ser contido, e por isso a maioria dos moradores haviam morrido asfixiados pela fumaça. A garotinha, por outro lado, estava em estado crítico no hospital por algumas queimaduras e diversos arranhões por todo o corpo, mas principalmente pela intoxicação.

Dessa vez, Patrícia já não conseguira evitar, e antes que pudesse perceber, seus olhos estavam vidrados no rosto apático de Bernardo que continuava com o olhar fixo no teto. Ela não esperava ouvir uma história como essa logo após o sexo e sem nenhum aviso prévio. E se ela tivesse que ser sincera consigo mesma, estava ainda mais aturdida por não ter a menor ideia de onde ele queria chegar com tudo isso.

Bernardo deve ter sentido a perplexidade da parceira, pois desviou o olhar das bolhas e, em um movimento brusco, virou-se para ela mais uma vez, encarando-a. Os olhos dele ainda vidrados, focados, com aquele tipo de concentração nervosa de quem quer apenas terminar de uma vez com um trabalho árduo. Os dela aparentemente mais calmos, procurando disfarçar o turbilhão que se passava por trás. Ele a beijou nos lábios rapidamente e voltou a olhar o teto mais uma vez. O grande painel branco de gesso sobre sua cabeça era como uma tela em que ele pintava o cenário das suas memórias para Patrícia. Ele cruzou as mãos sobre a barriga, o que lhe fez parecer um cadáver no caixão, e prosseguiu.

— Aquele tinha sido o fim da reportagem, mas uns três dias depois houve uma matéria com um depoimento da menina, que já havia se recuperado. Ela conversou com o oficial sobre tudo que se lembrava da noite do incêndio. Ele dizia que Carolina acordou com o cheiro da fumaça e desceu para a cozinha pensando que se tratava de algo no forno. Neste meio tempo, o fogo, que tinha se originado no quarto dos pais, onde também dormia um bebê de seis semanas, já havia se espalhado por praticamente todo o andar superior. Quando ela se deu conta do que ocorria, tentou correr escadas acima, mas foi atacada pelo gato da família que pulou sobre ela e a arranhou e mordeu todas as vezes que ela tentara subir as escadas. Sem poder fazer nada a não ser gritar e ouvir os gritos dos pais e o choro do bebê, pois o fogo já consumia todo o piso superior, ela não teve escolha senão fugir pela porta da frente e desmaiar na calçada.

Patrícia não conseguiu se conter desta vez.

— Então você gosta de gatos porque esse gato da família impediu a garotinha de subir as escadas por amá-la muito e a forçou a fugir da casa pegando fogo da única maneira que ele poderia?

— Eu acho que essa seria a explicação mais provável, realmente. Mas agora que a minha história está começando.

— Muito bem, pois faça favor de terminar, Forrest Gump.

— Como eu disse, a conclusão que você chegou seria perfeitamente plausível. Mas eu tinha nove anos. A única coisa que eu consegui pensar na hora foi 'gatos são os animais mais malvados do planeta. Ele impediu que a menina salvasse a família'. Sabe-se lá qual das duas versões sobre a intenção do gato é a verdadeira, isso não faz mais diferença, agora. O que ainda importa, no entanto, é que a partir daquele momento, eu adquiri um ódio por todos eles. Eu sei que é um motivo totalmente idiota, ninguém no mundo reconhece isso mais do que eu, mas não dá pra voltar atrás, as coisas aconteceram daquele jeito. Então a partir daquele dia, meu ódio por gatos nasceu e por muitos anos que ainda viriam, eu o nutri.

"Poucas semanas depois daquele dia, eu estava voltando do colégio como de costume. Eu voltava a pé, pois não estudava tão longe assim de casa e eu gostava da breve liberdade que eu tinha. O meu pai sempre me dizia para vir direto para casa e não conversar com ninguém e todas essas coisas que um pai supostamente deve falar, mas hoje eu sinto que ele falava como quem fala apenas para que não possa levar a culpa se algo ruim acontecesse a mim, porque se ele se preocupasse de verdade, me acompanharia sempre, não é?

"De qualquer forma, nada daquilo me passava pela cabeça e eu estava voltando para casa como sempre fazia, quando passei por um terreno baldio que ficava bem na metade do caminho. Eu acho que nunca tinha dado importância para aquele lugar antes, acho que nem sequer havia olhado para dentro dele em todo esse tempo que eu passei por lá diariamente, e se não fosse pelo gatinho que estava deitado próximo a uma caixa de televisão velha, eu teria passado direto como de costume. Não entendia de idades de animais, mas ele deveria ter em torno de uns cinco meses de idade e tinha uma cor bege escura, sem nenhuma mancha de outra cor. Embora fosse um gato de rua, parecia bem saudável. Me aproximei dele e, para minha surpresa, ele não se afastou, como muitos gatos fazem. Continuei chegando perto até que coloquei minha mão na cabeça dele e ele se deixou acariciar. Acho que se alguém pudesse me ver ali, com certeza sairia correndo chamando a polícia, pois eu deveria estar com o olhar mais psicótico possível para cima daquele animal, não sei como ele próprio me deixou chegar tão perto.

"Meu ódio só não era maior do que o êxtase que eu senti ao ter aquele animal sob meu completo controle e as coisas que eu imaginava fazer com ele. Como se meu corpo tivesse agido por conta própria, eu rapidamente peguei o gato pelo couro, o levantei, joguei dentro da minha mochila e fechei o zíper. Ele começou a miar alto, a se debater, quando a abertura se fechou e ele ficou enclausurado no escuro. Ele demorou para perceber que havia cometido um erro. Exatamente o erro que meu pai fingia se preocupar que eu cometesse, aliás: confiar em estranhos.

— Eu precisei dar umas cotoveladas para trás, na mochila, enquanto caminhava para casa para fazer com que ele se aquietasse, mas as pancadas só o faziam reclamar ainda mais alto e aquilo me aborreceu, então decidi abrí-la rapidamente e colocar todos os meus livros em cima dele, para que o som ficasse mais abafado. Assim que eu reabri o zíper, ele tentou pular para fora, mas eu o segurei com uma das mãos, enquanto a outra segurava a mochila. Quando minha mão envolveu o seu tronco minúsculo, ele cravou as garras no meu antebraço e eu pude sentir que elas estavam presas sob a minha pele. Quando eu senti aquilo, todas as minhas lembranças de Carolina Vargas voltaram como um raio e eu o empurrei para o fundo da mochila com todas as minhas forças. As unhas saíram rasgando a minha pele e o sangue começou a escorrer em seguida, manchando o seu pelo em uma das patas, mas eu não sentia nada.

"Continuei empurrando e empilhei meus livros e cadernos sobre o corpo do gato e tornei a fechar a mochila. Eu arfava com um misto de ódio e ansiedade. Me apressei para chegar em casa sem levantar suspeitas sobre o barulho estranho que vinha da minha mochila e também sobre meu braço ferido. Dei sorte, pois meu pai não estava em casa e o meu irmão sempre saía da escola mais tarde do que eu. Eu só conseguia pensar em como eu poderia me vingar daquele gato em nome da Carolina. Eu sabia que não demoraria para que meu pai chegasse para preparar o jantar, então reuni todas as minhas forças para me controlar e esconder o gato para que ninguém o achasse. Meu pai podia ser relapso, mas você não ia gostar de contrariá-lo, então eu fazia de tudo pra ficar numa boa com ele. Ou pelo menos escondia bem quando fazia algo que ele reprovava.

"O meu quarto não era muito grande, mas eu sabia o lugar perfeito para escondê-lo. Eu tinha um grande guarda-roupa de madeira que havia pertencido ao meu avô, ele o havia deixado para a minha mãe quando morreu. A coisa era bem antiquada e feia, mas cumpria a sua função. Minha mãe achava mais fácil guardar minhas roupas ali do que comprar um armário novo para uma criança. Eu realmente não me importava, ele estava lá desde que eu conseguia me lembrar e muitas vezes o usava de esconderijo quando brincava de esconde-esconde com o meu irmão. Em uma dessas vezes em que me escondi dentro do armário, descobri uma tábua solta ao fundo, que escondia um vão apertado, onde eu comecei a guardar os meus trocados.

"Entrei no armário ainda com a mochila nas costas e fechei as portas. O gato parecia ter se conformado com a situação e já não miava e nem se debatia. Cheguei a pensar que ele estava morto, mas assim que coloquei a mochila sobre a prateleira onde eu estava sentado vi seu formato se mexer e ficar de pé dentro da mochila. Ele não miava, mas eu sabia que estava atento, esperando alguma coisa acontecer. O buraco no armário não era grande o bastante para armazenar a mochila, então eu tinha que tirar ele de lá antes de prendê-lo. Eu já havia fechado as portas do armário, então sabia que ele não iria fugir. Meu medo era justamente estar preso com um gato raivoso em um lugar apertado, mas ao mesmo tempo, eu queria que ele viesse para cima de mim, eu realmente só precisava de um motivo para fazer tudo que eu queria com aquele bicho. Abri o zíper todo de uma vez, como quem puxa um band-aid, mas para minha surpresa, ele não se mexeu. Quando tirei os livros, eu pude vê-lo, mesmo com pouca iluminação no interior do guarda-roupa, eu consegui olhar profundamente dentro dos olhos dele. Estavam apáticos, vidrados, as pupilas dilatadas para se adaptar a pouca luz. Ele me encarava sem se mexer e eu pensei que ele estava com medo e tentei tirar proveito da situação.

"Estiquei meu braço para tirá-lo, mas antes que minha mão sequer encostasse no seu pêlo, ele pulou para fora da mochila e se eu não fosse rápido o bastante, teria se atracado no meio do meu rosto, mas ele simplesmente cravou as unhas no meu ombro, atravessando a minha camisa e encostando na minha pele, mas não o suficiente para me fazer sangrar de novo. O susto me fez cair para trás, fazendo com que ele se soltasse de mim. Era evidente que ele estava assustado, mas que não se entregaria sem lutar. Ele pulou do meu ombro e tentou escalar pelos pequenos buracos da porta do armário por onde a luz conseguia entrar. Pendurado de costas para mim e olhando para fora, ele soltou um miado baixo e sofrido. Ele sabia que sua liberdade estava a poucos centímetros de distância, mas acho que também percebeu que não a alcançaria mais.

"Enquanto eu passava a mão no meu ombro e o observava encarar o meu quarto, pendurado na porta do armário, eu só conseguia pensar que meu pai já poderia estar voltando para casa. Puxei o gato pelo tronco com todas as minhas forças e o susto fez com que ele miasse alto para mim pela primeira vez. Confesso que me espantei por um segundo e ele aproveitou para se segurar com toda a força que pôde reunir, mas era óbvio que seria insuficiente. Dei uma última puxada com as minhas duas mãos e o arremessei direto para o fundo do vão, ele berrou enquanto voava pelo ar e batia na parede de madeira. Acho que a pancada o deixou meio tonto, pois ele não tentou escapar assim que caiu. Aproveitei esse momento para colocar a tábua de volta no lugar.

"Por sorte agi rápido na hora de prendê-lo, pois no momento que a tábua se encaixou, eu o pude sentir batendo com as patas do outro lado e logo em seguida os rosnados e miados altos começaram, também. Abri o armário, tirei o edredom da minha cama, o coloquei na frente da tábua que prendia o gato e fechei a porta novamente. Os barulhos haviam sido quase completamente abafados, só seriam ouvidos se alguém colocasse a orelha na porta do armário, como eu pude comprovar.

"Assim que me virei, senti ter pisado em algo esquisito no chão. Levantei meu pé e vi que duas garras do gato tinham sido arrancadas, provavelmente na hora em que eu o puxei da porta do armário. Elas formavam uma pequena mancha de sangue no assoalho. Limpei a mancha com papel higiênico, joguei as unhas no vaso sanitário, puxei a descarga e aproveitei que já estava no banheiro para tentar dar um jeito nos arranhões do meu braço.

"Enquanto eu procurava algum antisséptico para passar na ferida, ouvi uma batida forte na porta do banheiro. Meu pai havia chegado em casa e eu não tinha ouvido. Ele tinha trazido pizza para o jantar e queria que eu me apressasse, pois meu irmão e ele já estavam me esperando. Meu pai não gostava de sentar à mesa sem que nós dois estivéssemos presentes. Eu saí em um minuto depois de cuidar dos arranhões.

"Me apressei e saí do banheiro ainda com remédio escorrendo do braço. Eu sabia que eles me perguntariam o que tinha acontecido, e eu não consegui pensar em nenhuma mentira que soasse verdadeira o bastante. Assim que cheguei na mesa, ambos já estavam comendo suas fatias e, antes que pudessem dizer qualquer coisa, já fui falando.

"Desculpem a demora, um gato maluco pulou em mim quando eu estava voltando do colégio e me arranhou todo o braço. Já passei remédio, então acho que agora tá tudo bem."

"Se a minha mãe estivesse presente naquela hora, eu sabia que ela não deixaria a história acabar ali. Mas veja bem, se a minha mãe estivesse ali de fato, ninguém estaria jantando pizza. Meu pai e Samuel olharam para o meu braço e continuaram mastigando e olhando para a tevê.

"Naquela noite eu mal consegui dormir, mas sabia que precisava ter certeza de que todos na casa estavam, para que eu pudesse tirar o gato do armário. Por volta de duas da manhã eu me levantei e chequei as portas de todos os quartos. Pude ver que as luzes estavam apagadas pelas frestas e não ouvi barulho nenhum a não ser pelo ronco alto do meu pai, o qual nem precisei encostar o ouvido na porta para escutar.

"Voltei para o meu quarto, fechei a porta e decidi que já estava na hora de começar a me divertir. Abri o armário, joguei o edredom no chão e tirei a tábua. O gato estava acuado contra a parede e dessa vez já parecia ter se dado por vencido, não esboçou nenhuma reação a não ser olhar para mim. Ainda assim, quando tentei pegá-lo, ele mordeu minha mão. Com a minha mão livre eu dei um soco na cabeça dele, que rebateu contra uma das paredes do armário, soltando a minha mão. Eu o peguei e o joguei no chão. Ele naturalmente caiu em pé e saiu correndo por todo o quarto procurando um local para se esconder. Eu apenas o assistia, me divertindo com o seu desespero, do mesmo jeito que eu imaginava que o gato da Carolina deve ter se divertido com o desespero dela.

"Quando ele encontrou um esconderijo debaixo da minha cama, eu achei que já tinha visto o suficiente e decidi colocar um fim naquilo. Consegui puxá-lo para fora pelo rabo e o segurei na minha frente, pendurando-o de cabeça para baixo. Os miados sofridos recomeçaram. Sempre que aquele gato começava a miar como quem pedia piedade, eu sentia mais raiva. Eu não acreditava que ele poderia ser tão cínico. Eles faziam coisas horríveis com as pessoas e agora que a situação havia se revertido, ele chorava por misericórdia.

"Levantei-o bem à frente do meu rosto e o balancei de um lado para o outro como um pêndulo. Ele tentava se segurar no meu pijama com as patas dianteiras e eu pude notar as duas garras que faltavam no membro esquerdo. Aquilo me fez sorrir. Continuei pendulando por mais alguns segundos enquanto pensava no que faria com ele, mais ou menos da mesma maneira que os gatos fazem com suas presas antes de matá-las, embora, no momento, eu não tivesse me dado conta disso. Eu o soquei como se fosse um daqueles pequenos sacos de boxe até me cansar. Às vezes ele conseguia arranhar minha mão, mas eu nem ligava.

"Acho que eu estava tão ansioso por ter passado a noite pensando nisso que quando eu finalmente estava sozinho com o gato, não consegui pensar em nada que eu pudesse fazer, então sem demoras, eu o coloquei de costas sobre a minha cama e apertei o seu pescoço com toda a minha força. Me lembro de ter achado engraçado o jeito que o seu olhos ficaram esquisitos e a língua caía para o lado da boca. Quando todo o corpo amoleceu, imaginei que ele estava morto e o soltei, pensando no que fazer em seguida com o corpo.

"Passei alguns minutos considerando algumas opções quando vi o seu rabo se mexendo e os olhos abrindo lentamente. Perplexo, eu rapidamente botei minhas mãos em volta do seu pescoço mais uma vez e, com força, apertei a garganta com os meus dois polegares. Dessa vez ele levou poucos segundos para apagar, mas eu só soltei depois de uns bons cinco minutos. O mais impressionante é que só nessa segunda vez eu realmente senti a satisfação de ter acabado com a vida daquele animal. É como se de alguma maneira eu soubesse que ele não havia morrido logo na primeira vez que eu tentei esganá-lo.

"Depois de uns dez minutos pensando, eu havia imaginado diversas soluções, desde enterrá-lo até jogá-lo no lixo. No fim das contas eu simplesmente o larguei na calçada duas casas depois da minha. Ninguém estava na rua naquela hora e mesmo se estivesse, não acredito que teriam feito um grande alarde. Carreguei ele pelo couro e o levei até o meio-fio. Quando voltei pra casa, dormi bem, como acho que nunca havia dormido na minha vida até então. Me sentia um herói, um verdadeiro justiceiro. E em algum lugar, eu esperava que Carolina Vargas, de alguma forma, pudesse sentir que ela havia sido vingada — Bernardo concluiu, pesaroso. Imaginava que desabafar sobre tamanha barbaridade fosse fazê-lo se sentir aliviado, mas a vergonha de partilhar algo tão grotesco com uma pessoa querida lhe fez ter nojo de si próprio.

Patrícia procurou ficar quieta durante todo o tempo que ouviu Bernardo, embora tivesse sentido vontade de interrompê-lo gritando para que parasse em várias partes. Ela escutou tudo calada, impressionada com a tranquilidade em que seu namorado contava a história de como ele havia torturado e matado um animal inocente quando era apenas uma criança. Ela reconhecia que sempre tivera uma afinidade maior com os cães e certa indiferença em relação aos gatos, mas condenava qualquer ato de crueldade, e encarar aquele semblante tranquilo a deixava assustada. Ao mesmo tempo, ela procurava se convencer de que aquele garotinho havia ficado no passado. Afinal de contas, ele tem um gato de estimação hoje em dia, ele tem que ter mudado. E já não aguentando mais, teve que perguntar.

— Ok, eu não vou nem perder meu tempo fazendo perguntas sobre esse senso de justiça distorcido que você tinha quando era criança porque acho que você também já tem plena consciência disso. Então vou direto ao ponto. Você disse que essa era a história de como você tinha começado a gostar de gatos, mas só o que eu ouvi até agora foram várias maneiras diferentes de fazer um sofrer.

— Eu sei disso — ele respondeu em tom ríspido. — Ainda não terminei a minha história. Mas já estou chegando lá. Você só precisa ser um pouco mais paciente. Bernardo não gostava daquilo nem um pouco mais que sua namorada.

Patrícia deitou-se sobre o peito nu do parceiro e fez que sim com a cabeça enquanto seus cachos castanhos se espalhavam pelo tronco de Bernardo, confundindo-se com os pelos do corpo masculino. Era uma posição em que ela se sentia protegida, mesmo que no momento a pessoa que a assustava era a mesma que lhe dava a sensação de segurança. Ela não teve tempo para se aprofundar nesta discussão mental, pois Bernardo já estava falando.

— No dia seguinte eu acordei me sentindo o melhor homem do mundo. Estava disposto, feliz e motivado. Acho que pela primeira vez eu estava de pé para o café da manhã sem que meu pai precisasse me sacudir para eu acordar. Havia aproveitado o tempo livre enquanto os outros se arrumavam para ver se o gato ainda estava na calçada, apenas para olhá-lo uma última vez, mas acho que algum gari ou cachorro de rua já o havia levado, pois não tinha mais nada. De qualquer forma, eu me sentia muito bem. Tão bem que eu simplesmente não queria mais perder aquela sensação e, como uma droga, eu me viciei em assassinar gatos.

"Pelo primeiro ano, eu praticamente repetia a mesma coisa que fiz com o primeiro gato, mas tinha decidido começar a jogar os cadáveres no fundo de uma lata de lixo no final da rua, sempre cobrindo-os com mais entulho para que ninguém os achasse por acaso. Como eu não encontrava gatos tão facilmente, precisava ficar sempre atento para qualquer um que aparecesse. Às vezes eu ainda dava sorte de encontrá-los enquanto andava na rua normalmente, outras eu procurava de madrugada na vizinhança. E houve até uma vez em que um, infeliz, entrou pela janela do meu quarto quando eu estava lendo um gibi. Minha única regra era não matar os gatos dos meus vizinhos, pois isso poderia levantar suspeitas, mas nem eram tantos assim.

"Eu seria mentiroso se dissesse que ainda fazia tudo aquilo pelos mesmos princípios da primeira vez. Eu raramente me lembrava da Carolina enquanto maltratava aqueles pobres animais. E eu realmente experimentei de tudo, não vou entrar no mérito dessa questão por respeito a você. Mas o meu método favorito sempre havia sido estrangulamento, mesmo. — Ele falava com o queixo quase se encostando ao cocuruto da garota quando mexia a boca para contar a história.

E depois de já ter feito Patrícia escutar boa parte dessa história, Bernardo decidiu poupá-la de ter que ouvir todos os atos atrozes que ele mesmo gostaria de poder esquecer. Na sua cabeça, no entanto, ele ainda conseguia se ver chutando, pisando, estrangulando, afogando, socando, arremessando, enforcando e batendo com os mais variados tipos de objetos, desde correntes até uma concha de feijão; entre várias outras maneiras que ele descobriu serem possíveis para fazer um felino sofrer.

— De qualquer forma, isso continuou até mais ou menos os meus 16 anos. E diferentemente de como começou, acabou sem nenhum motivo. Perto do fim eu já matava gatos cada vez menos e acho que aquilo foi perdendo a graça pra mim. Eu já tinha começado a sair com meninas e desenvolver outros interesses e acho que esse era um hábito de infância que morreu conforme o meu amadurecimento. Não me entenda mal, eu sempre soube que o que eu fazia era errado, tanto que sempre fazia escondido. Mas acho que nunca havia sofrido com remorso por eu ser apenas um adolescente inconsequente. — Ele corou quando se viu falando de sua adolescência e outras garotas. Ao baixar os olhos para observá-la, notou que ela estava prestes a dizer alguma coisa.

— Mas o que aconteceu com a garotinha? A Carolina. A história termina assim? — ela perguntou em uma voz mais alta do que tinha planejado na sua cabeça.

Bernardo foi tão surpreendido pela indagação que nem se irritou por Patrícia tê-lo interrompido mais uma vez. Em todo esse tempo, nunca procurara saber o que aconteceu com Carolina. Ele deixou de se importar mais ou menos quando sua vingança perdera o sentido.

— Eu acompanhava o noticiário local todos os dias para ver se tinha algo novo sobre o estado dela, mas acho que só uma vez ou duas eles falaram sobre isso. Só me lembro que ela ainda estava no hospital. Nunca soube que fim ela levou. Ela deve estar com a sua idade, se ainda estiver viva. Você sabe como são essas coisas, alguma nova tragédia deve ter tomado o lugar dessa. — Ele sentia que precisava se justificar, como se fosse o responsável pela condição da criança. Patrícia não esboçou reação perante a explicação. Ele esperou alguns segundos para ter certeza de que ela não faria outra pergunta, mas ela apenas se acomodou melhor em seu peito e fechou os olhos. Ele continuou.

— Pois bem, como eu estava dizendo, o remorso só foi me bater quando eu tinha dezenove anos. Uma garota que eu gostava demais terminou comigo depois de nós estarmos ficando por alguns meses. Ela disse que percebeu o quanto eu estava gostando dela e, antes que eu a pedisse em namoro, me disse que não queria desperdiçar sua juventude e achou melhor terminar tudo antes que nos envolvêssemos demais. Foi uma sensação que eu nunca havia sentido antes. Eu não conseguia entender como alguém poderia pensar daquele jeito e tampouco como ela não poderia retribuir o meu sentimento.

"Aquela rejeição me deixou abalado. Eu passava dias trancado no quarto apenas pensando em como eu poderia ter deixado aquilo acontecer. Eu pensava que havia sido uma boa pessoa desde sempre e tinha medo de que pudesse ter perdido a mulher da minha vida. Ao mesmo tempo, eu não quis correr atrás dela, ela já tinha sido bem clara comigo e eu a respeitava e acho que até a amava demais para querer forçar aquela situação.

"Durante esses momentos, me peguei pensando em como, na verdade, eu não tinha sido uma boa pessoa durante a toda a minha vida. Como qualquer adolescente, eu já havia feito várias besteiras. Foi a época que comecei a fumar, por exemplo, enfim, eu mentia para os meus pais, essas coisas. Mas isso me fez lembrar de todos esses anos que eu passei maltratando os gatos indefesos que eu encontrava. Porra, eu fazia aquilo dentro do mesmo quarto que eu estava naquela hora. Na mesma cama que eu estava deitado eu já tinha matado dezenas deles, mas aquilo tinha simplesmente ido parar em um lugar obscuro no fundo da minha mente, o qual eu não havia visitado até então.

"Lembrar de tudo aquilo me fez chorar mais ainda e eu cheguei até a pensar que Deus poderia estar me castigando. Tentei pedir perdão, mas sabia que não adiantaria. Desde então, eu procurei ser uma pessoa melhor. Não apenas por remorso religioso, mas por um verdadeiro sentimento de culpa que eu precisava tirar das minhas costas. E depois de um bom período apenas sentindo pena de mim mesmo, eu soube o que deveria fazer para ficar bem.

"Foi quando adotei o Tom. A resposta estava bem na minha frente, para ser franco, eu só nunca havia prestado atenção. Em uma noite em que eu estava voltando para casa sozinho depois de mais uma balada em que eu não tive coragem para chegar em nenhuma menina e acabei bebendo mais do que deveria, eu o vi parado na calçada, bebendo a água de uma poça suja.

"Talvez eu fosse sério demais para fazer isso sóbrio e por isso eu agradeço à vodca, pois assim que me deparei com aquela cena, eu sabia o que precisava fazer. Me aproximei o mais sutilmente que consegui ser naquela situação e tentei tirá-lo do chão. Quando o encostei pude sentir sua barriga tremer e foi a primeira vez que me dei conta do quanto gostoso é o ronronar. Me perguntei quantas vezes assassinei gatinhos que poderiam ser tão amáveis quanto esse, e aquilo me fez chorar. Prometi para mim mesmo que as coisas seriam diferentes.

"Sentado no metrô, pude observá-lo melhor e vi uma semelhança na sua pelagem cinzenta com a do Tom, de "Tom & Jerry", e cheguei a imaginar se teria tido coragem de fazer qualquer coisa com os outros gatinhos se eu soubesse que eles tinham nomes. Era dolorido demais pensar naquilo porque acho que tinha medo de saber que eu teria feito do mesmo jeito. Eu simplesmente não me importava, tudo que interessava era aquele pico de adrenalina quando estávamos sozinhos dentro do quarto. Mas o Tom foi um sinal divino para mim, naquela noite. Ele me transformou no cara que você conhece, hoje. — Bernardo terminou.

Ele estava aliviado e também surpreso. Nunca imaginara que um dia seria capaz de colocar para fora tantos anos de recordações, há tempos reclusas. E como as lembranças que nós não gostamos são as mais nítidas na nossa mente, nem ele mesmo tinha consciência de que se lembrava de tantos detalhes até o momento em que se flagrara verbalizando-os. Acima de tudo, estava mais apaixonado por Patrícia, pela maneira como ela não o julgou e ouviu sua confissão por inteiro, ele conseguia sentir que ela sabia o quanto isso era difícil para ele. Todas as lágrimas que havia segurado por anos de opressão vieram à tona e escorreram do seu queixo para a testa de sua companheira.

Profundamente perturbada, Patrícia mordia os lábios para não bombardear Bernardo com perguntas como "Por que você nunca buscou ajuda profissional, seu maluco?", porém concluiu que o namorado estava genuinamente regenerado e todos os anos em que sofreu em silêncio com este fardo já foram castigo o bastante.

Ambos acomodaram-se para que não houvesse qualquer espaço entre seus corpos e fecharam os olhos. Bernardo recostou-se em seu travesseiro, mas sabia que não dormiria por um bom tempo. Ele torcia para que Patrícia pegasse no sono em breve e quando acordasse houvesse esquecido tudo que acabara de confessar.

Ela também não tinha sono, mas respirava em silêncio contra o peito de Bernardo. E em um acordo mudo, nenhum dos dois jamais tocou no assunto outra vez.

5 . OUTUBRO . 2005

Eram quase 21h quando Bernardo regressou para casa. Foram mais de três horas dirigindo a esmo.

Durante aquele passeio recordara-se com saudosismo dos tempos em que perambulava pelas calçadas da cidade pelo puro e simples prazer de caminhar. Olhar para as pessoas, absorver suas essências, sentir-se parte de suas vidas, mesmo como figurante. Perguntava-se por que deixara de fazer aquilo.

Com os vidros abertos, Bernardo passeou pelo antigo centro da cidade e observou os estabelecimentos falidos, os anúncios pendurados, com letras faltando. Mendigos adormecidos em tiras de papelão, sob marquises esburacadas, por onde os fracos raios solares do fim de tarde passavam tímidos. Eles rezavam para que não chovesse naquela noite.

Viciados acomodando-se uns contra os outros, sentados contra um muro de tinta descascada, afanando o significado da arte em grafite desenhada anos atrás. Amontoados, eles fumavam alguma coisa que Bernardo não sabia dizer o que era, em plena luz do dia, longe do espectro de preocupação da população significativa que contribuía para a sociedade. Bernardo estacionou o carro defronte a uma calçada mais movimentada. Oculto atrás da película fumê.

Quando morava sozinho, nunca havia se deparado com cenas tão grotescas em suas andanças. De repente, já não queria tanto assim fazer parte da vida de todas essas pessoas. Nem como figurante. Ele preferia elaborar suas próprias histórias dentro da sua cabeça. Observar demais o privara da segurança de sua imaginação. E não de um jeito bom.

Desbravou o centro da cidade, dirigindo a esmo por tanto tempo que não saberia dizer, quando ouviu risadas e gritos alegres. Um ar cativante de despreocupação lhe trouxe uma surpresa agradável, finalmente. Bernardo desligou o carro do outro lado de uma praça em frente a um beco.

Crianças jogavam bola no beco deserto, alheios à miséria que as cercava. Resumidas somente ao momento. Bernardo fechou a janela do carro, com receio de interferir na natureza da cena. Queria apenas ser um espectador, observá-las através do vidro como um aquário. Ele ensaiou um sorriso ao assistir seis moleques pré-adolescentes correndo atrás de uma bola maltrapilha. Duas chinelas em cada extremidade do beco marcando os gols.

Ele fora transportado ao início da sua infância, quando poderia partilhar do sentimento que testemunhava à sua frente.

Inocência, o mundo rouba nossa virtude mais pura e nos transforma nesse bando de canalhas sem nem sequer nos avisar. Quando nos damos conta, já é tarde demais, pensou. *Só nos resta esse cinismo.*

Crianças não têm medo do futuro, valorizam primordialmente o agora. Quando crescemos, ganhamos preocupações, esquecemos de viver a vida por causa de todas as cobranças, prazos e compromissos. É massacrante. No pouco tempo que nos resta para recordar tempos mais ingênuos, nos acolhemos no conforto da nostalgia. Celebramos o passado, o melhor dos tempos. Novamente, ignoramos o presente.

Ser adulto é mesmo uma armadilha. Um eterno intervalo entre lamentar como a vida um dia foi boa e preocupar-se em recuperar esse sentimento. Como o presente se torna insignificante após os 20. Ele as observava como um pai orgulhoso, ou um pesquisador do comportamento humano. Os pés descalços estalavam contra o cimento batido da rua abandonada, desprezando o próprio bem--estar em troca da brincadeira.

Bernardo sentiu um nó nas entranhas quando se lembrou de sua infância corrompida, maculada por suas próprias decisões maquiavélicas. Também viveu a inconsequência da idade, a falta do senso de perigo, a irresponsabilidade, mas em uma versão distorcida. Quando tentava relembrar dos dias em que simplesmente jogou futebol com os colegas em um terreno baldio, as memórias lhe vinham embaçadas, quase como se fabricadas. Ele se esforçava para acreditar que foi uma criança normal, ou sequer boa.

Entretanto, quando algo no seu dia a dia disparava as lembranças que mais o torturavam, ele fechava os olhos para tentar esquecer, mas era como se uma imagem ultrarrealista fosse pintada dentro de suas pálpebras.

Ele saltou de susto, mas foi contido pelo cinto de segurança, quando a bola do jogo atingiu a janela onde recostava sua cabeça. O baque fez um barulho alto e Bernardo pôde sentir o impacto pelo outro lado do vidro. Ele ajustou sua postura no banco do carro e encarou a mancha redonda de sujeira que se formara onde a bola se chocou.

Através da mancha, Bernardo percebeu um dos jogadores — um fedelho gordinho — atravessando a praça em disparada, vindo em sua direção. O garoto gesticulava e pronunciava palavras difíceis de compreender no interior do carro. Bernardo abaixou a janela.

— Desculpa, tio, foi mal aí! — O menino falava alto, ainda sacudindo os braços para chamar a atenção de Bernardo. — Não foi de propósito. O Miguel é que é um perna-de-pau. Nós combinamos que não valia bomba!

— Não tem problema, garoto. Fica tranquilo, o vidro ainda tá inteiro — respondeu Bernardo, no tom mais pacificador que conseguiu encontrar.

— Jura que não tá bravo? Não quer que a gente limpe o vidro pro senhor? — O menino o fitava com um ar confuso. — A gente já tá acostumado, não demora nada!

— Sossegue, já falei que está tudo bem. — Bernardo observou o menino rechonchudo dos pés à cabeça e se inclinou mais para fora do carro, convidando o guri a se aproximar. — Vem cá, qual o seu nome?

O menino arqueou as sobrancelhas e hesitou por alguns segundos.

— Bom, eu me chamo Fábio, mas a minha mãe disse que eu não devo falar com estranhos, tio.

— Pode ficar tranquilo, Fábio, eu não vou te fazer mal. Eu queria te dar um presente na verdade. Vi que vocês jogam com essa bola esfarrapada naquele beco sujo. — Bernardo se inclinou para puxar a carteira do bolso posterior das calças e puxou uma nota de 50. — Pega esse dinheiro e compra uma bola nova pra você brincar direito aí com a molecada.

Os olhos de Fábio quase saltaram das órbitas. Sorria como se fosse manhã de Natal.

— Você tá falando sério?! — Ele disse enquanto pegava a cédula das mãos de Bernardo. Fábio a esticava em frente aos olhos, nunca havia tido tanto dinheiro na vida. — Muito obrigado, tio!

Bernardo curtia o pequeno momento, quando notou a feição de Fábio se transformar para uma expressão preocupada, de repente.

— O que foi, Fábio? Qual o problema?

— Isso é bastante dinheiro, minha mãe vai perguntar como eu consegui e eu vou ter que dizer que foi com um estranho. Acho melhor o senhor ficar com isso. — Ele estendeu a mão para devolver a nota, cabisbaixo.

— Diga a ela que você encontrou no chão, garoto! Você merece uma bola nova pra se divertir com seus colegas. — Bernardo apontou com a cabeça para o grupo de garotos aguardando Fábio voltar com a bola.

Um dos meninos à beira da calçada gritou.

— Ei, Fábio, volta logo, seu gordo!

Em seguida, os outros se uniram ao primeiro: "Tá demorando por quê? Comeu a bola?". "Ele não comeu a bola! Ele é a bola!". "Acho que ele tá tentando trocar a bola por um chocolate com esse tiozinho aí no carro!". Gargalhadas vieram em sequência, elas ecoavam por todo o quarteirão, como um bando de hienas. Aquilo fora o suficiente para atingir Fábio. Bernardo ainda olhava para os outros garotos com entojo quando sentiu a cédula amassada atingir-lhe no pescoço.

— Pega o seu dinheiro, tio. O senhor pode ir embora, já! — Dizia a voz chorosa.

Bernardo virou a cabeça para a direção de Fábio, mas o garoto já estava a metros de distância, correndo para longe dos supostos amigos. Abriu a porta do carro, pôs o pé esquerdo no asfalto e pensou em ir atrás de Fábio, mas desistiu. Antes de fechar a porta, outra voz eclodiu entre os meninos.

— Aí, tio, joga a nossa bola aí, vai! — Berrava o que parecia ser o líder da turma, em um tom malandro.

Bernardo fitou o guri, bateu a porta e deu partida no carro, virando na próxima esquina e deixando a bola no meio da rua e as crianças para trás. Com a janela ainda aberta, Bernardo escutou os últimos berros, cada vez mais enfraquecidos conforme se afastava: "Vai se foder, seu velho veado!". "Enfia a bola no cu!". "Se voltar aqui de novo a gente quebra esse teu carro escroto!".

Bernardo sentia-se um idiota. Sentia-se um tonto por ter acreditado por um instante ter sido a única criança cruel que já viveu. Tinha pena de Fábio, o garoto gordo, pobre e sensível demais para aguentar o descaso e as provocações de um grupo onde provavelmente só buscava se encaixar.

Ainda assim, tinha raiva. Raiva não somente da pequena gangue e pelo modo como agem, mas por saber que não estava em posição de julgá-los. Jamais. Bernardo desejava carregar o fardo de ter somente xingado um menino gordo ou de ter falado palavrões para os mais velhos. Ele sabia que, no fim das contas, era ainda mais escória que todos aqueles pirralhos juntos. Independente do quanto buscasse redimir-se.

Ele puxou o celular para ver as horas, já eram quase 20h, estava fora de casa há quase duas horas. Abaixo do relógio, três chamadas não atendidas. Todas de Patrícia. Se não estava no humor para discutir com a esposa quando saiu de casa, agora não seria o melhor momento.

Ele queria voltar ao seu recanto, mas o ritual da Flash Vídeos se tornara um coito interrompido. Poderia passar todo o tempo que quisesse lá dentro, mas ainda teria que voltar para casa para assistir a seus filmes. Estava fora de questão. Já havia fumado três cigarros desde o encontro com os garotos do beco, mas ainda não se sentia relaxado. Decidiu parar para beber alguma coisa. Afastado do antigo centro, Bernardo trafegava por uma vizinhança que pouco frequentava. O primeiro bar que surgisse estaria de bom tamanho.

"Barba Ruiva", enunciava o letreiro luminoso na fachada, ao lado do desenho de um leprechaun bebendo um caneco de cerveja dentro de um pote de ouro. Bernardo riu com o nariz e deu de ombros, parando em frente à porta.

— Acho que esse lugar é tão bom quanto qualquer outro — falou para si mesmo, e entrou.

Antes de qualquer impressão, uma rajada sonora pegou Bernardo desprevenido. As caixas de som ao lado da entrada retumbavam com força o som distorcido das guitarras de alguma banda que os ouvidos de Bernardo nunca haviam tido o desprazer de conhecer. Institivamente, ele buscou uma mesa ao fundo.

Acomodado em um banco alto diante de uma pequena mesa redonda de madeira — o mais distante possível da música — Bernardo olhou em volta. A esmagadora maioria dos presentes era composta de homens de idades variadas. As únicas mulheres no recinto acompanhavam alguns destes, ou eram garçonetes.

O bar não estava lotado, mas habitado o bastante para Bernardo observar o movimento enquanto bebericava uma dose de uísque. Rapidamente, ele notou uma segregação invisível. Os mais jovens e desacompanhados, de pé, conversando encostados nas paredes com uma garrafa de cerveja na mão ou próximos à mesa de sinuca.

Aqueles que mais se aproximavam da idade de Bernardo distribuíam-se pelas mesas, sentados, beliscando petiscos e bebendo uísque ou licor. As conversas separavam casais onde cônjuges sentavam-se ao lado um do outro, mas interagiam somente com seus equivalentes em sexo.

No balcão, os bancos eram estritamente ocupados por homens solitários, a maioria consumia conhaque, uísque ou qualquer destilado forte o suficiente para confortar o fim do dia. Sisudos, eles miravam somente a estante de garrafas à frente, tentando evitar encarar seus próprios reflexos no espelho que revestia a parede ao fundo. A balconista era jovem e procurava falar somente o necessário, procurando ser educada, porém os mais ébrios sempre cruzavam o limite.

— Se você fosse minha esposa, eu nunca teria que vir pra cá encher a cara — falou um homem de meia-idade trajando um terno preto arrojado, com a voz arrastada.

A balconista se fazia de surda e o homem de terno resmungara algo inaudível antes de dar mais um trago em sua cuba libre.

Bernardo lembrou-se de Patrícia, mais uma vez. Pensando que sua vida poderia ser pior. O celular agora exibia seis chamadas não atendidas da esposa. Ele não sabia dizer se ela estava preocupada ou se queria terminar de discutir. Na dúvida, ele preferiu entornar outra dose — por precaução — e deslizou o telefone para o fundo do bolso.

— Se eu fosse você, retornaria essas chamadas. — Uma voz suave esgueirou-se por trás de Bernardo.

Espantado, ele não precisou virar o tronco para descobrir quem o abordava, pois uma jovem garçonete de cabelos curtos e um tubarão-martelo tatuado no pescoço caminhara até seu campo de visão enquanto falava.

— Não sei o que aconteceu aí, mais seis chamadas não atendidas é um bocado — ela dizia enquanto lhe servia a segunda dose de uísque. — Você pode vir aqui pra tentar afogar isso o quanto quiser, mas uma hora vai ter que encarar. Desculpe a intromissão.

Bernardo estava contrariado, ele não fazia questão de ouvir conselhos sobre sua vida conjugal de uma completa estranha. Também não apreciava o quanto a garçonete deduziu corretamente o que acontecia com ele só por ver a tela do seu celular por alguns segundos. Ele odiava ser tachado de previsível, e aquilo havia sido demais.

— Muito obrigado pela preocupação, minha filha, mas você não precisa se intrometer, não, ok? Posso cuidar sozinho da minha vida.

— Ei, o senhor é quem manda. Só pensei em dizer alguma coisa porque eu vejo essa cena todos os dias desde que comecei a trabalhar aqui. Você não parece ser como aquele babaca lá do balcão que se arrepende da vida que leva, mas é covarde demais para fazer algo a respeito e vem aqui assediar a gente — ela disse apontando com o cotovelo para o homem de terno, enquanto segurava a bandeja vazia debaixo do braço. — Mas o seu tipo também aparece por aqui. Ficam aí pelos cantos, com cara de jururu, enchem a cara, vão embora e depois nunca mais voltam. Eu torço para que todos tenham pensado bem e tenham tomado a decisão certa, seja ela qual for. Pela primeira vez, decidi dar um empurrãozinho. Você sabe, como a minha boa ação do dia. Mas já aprendi, sou melhor como espectadora. Aproveite o seu drinque.

— Você não pode sair julgando as pessoas por aí só pelo que você vê todo dia, sabia? — Bernardo borbulhava por dentro. Essa garçonete não só o chamou de previsível, mas também o comparou com dezenas de outros caras como ele. Sentados nessa mesma mesa. Com os mesmos problemas.

— O senhor tem razão, eu não deveria ter dito nada. Vou voltar ao trabalho agora. — A garçonete já não apresentava mais uma expressão amigável, ela só queria escapar dali. Sabia do que homens bêbados eram capazes, mas sua boca grande teve de dizer alguma coisa.

Bernardo não queria causar confusão dentro do estabelecimento, principalmente para não cair no clichê do bêbado agressivo que precisa ser expulso a pontapés do bar por um segurança brutamontes. Ele largou a nota de cinquenta, amassada por Fábio, na mesa e levantou-se.

Caminhou em direção à garçonete que servia uma bandeja de batatas fritas aos casais de meia-idade e alertou.

— Deixei o pagamento lá na minha mesa. Você pode ficar com o troco de gorjeta. — Ele segurou o pulso da moça com uma das mãos, rapidamente, e continuou em tom belicoso. — Não pense que você me conhece.

A garçonete deu um sorriso nervoso e agradeceu, tentando não sobressaltar os fregueses. Ela pensou em gritar, mas Bernardo já soltara sua mão e encaminhava-se ao banheiro.

Numa coisa ela estava certa, a sabichona. Nunca mais eu piso nessa espelunca novamente. Ele pensava enquanto inclinava-se sobre o mictório e abria a braguilha.

O banheiro era mais asseado do que Bernardo esperava, e estava deserto apesar do burburinho no salão. Aliviado por poder fazer suas necessidades em paz.

Ele fechou o zíper e enxaguou as mãos na pia. Ainda irritado pela audácia da jovem, Bernardo estava incrédulo com a facilidade com que ela o descreveu. Injuriado com o quão simples toda sua existência havia sido resumida naquele instante.

Foi isso que eu me tornei? Vivi todos esses anos para chegar neste dia e ser condensado numa porra de marido bêbado que não atende o celular quando a esposa liga? As ideias galopavam pela mente de Bernardo. Ele ensaboava as mãos com força.

Ele girou a válvula e a água parou de fluir. Puxou uma toalha de papel e passou por entre as mãos.

— E se isso for realmente só o que eu sou? — Ele amassou a folha em uma bola e a arremessou no cesto de lixo.

Dentro do carro, Bernardo checou o celular mais uma vez. Patrícia não tornara a ligar. Cansado e meio bêbado, ele decidiu voltar para casa. Por todo o caminho, as palavras da garçonete só abandonavam seus pensamentos quando Bernardo lembrava-se de Fábio correndo para longe, chorando.

Aquela saída não havia sido como a de seus tempos de solteiro. Ele queria relaxar, mas voltava para casa frustrado, desgastado e aborrecido. Revoltado por antecipação por saber que ainda teria que lidar com Patrícia. Era a última coisa que queria fazer.

Ele fechou a porta de casa com cuidado, sentia uma dor de cabeça se aproximando. Não sabia dizer quanto tempo fazia desde que havia bebido duas doses de uísque seguidas. O andar de baixo estava inabitado, não fosse por Tom. O felino estava deitado sobre o tapete da sala e levantou a cabeça em direção à porta para ver quem chegava. Desinteressado ao descobrir, reassumiu a posição de sono.

Bernardo se olhou no espelho do corredor, os cabelos ralos estavam esvoaçados por dirigir com a janela aberta, mas, apesar do aspecto cansado, seu rosto não entregava a ligeira embriaguez.

Antes que pudesse subir as escadas, escutou passos rápidos e pesados vindos do andar de cima.

— Bernardo, onde você estava, seu pilantra?! — Patrícia descia os degraus em disparada. — Você não tem celular, não, caralho?! Custa atender essa merda?!

Antes que Bernardo pudesse responder, Patrícia já estava à sua frente, parada um degrau acima do nível do marido. Ela lhe esbofeteou a face e em seguida o beijou, apertando suas orelhas.

— Você tá maluco de sair por aí e não me dar informação, porra?! A gente podia estar brigado, mas isso não te dá o direito de fazer o que você quiser. Eu ainda me preocupo com você, sabia? Eu ainda sou sua esposa, caso você tenha se esquecido! — Ela parou por alguns segundos e o fitou desacreditada. — Você estava bebendo?

Bernardo esfregava as orelhas, elas estavam quentes e vermelhas. Ele olhava para Patrícia com seriedade.

— Eu saí para dar uma volta. Para espairecer! Eu não preciso te dar satisfação sobre cada lugar pra onde eu vou, Patrícia. Além do mais, eu não fiz nada, só fiquei andando por aí. E não aja como se estivesse tão preocupada agora. Você encheu tanto o meu saco que eu praticamente fui obrigado a sair! Por que você acha que eu não atendi às suas chamadas? Já se esqueceu dessa parte? — Bernardo sentia-se como um adolescente que chegara em casa depois do horário estabelecido pelos pais.

Patrícia estava boquiaberta.

— Escuta aqui, eu não vou ficar ouvindo isso de você! Você tem sido um babaca comigo o dia inteiro e eu ainda levo patada quando tento ser gentil? Você não pode me tratar desse jeito e nem falar assim comigo!

— Ótimo, pois eu não tinha a menor intenção de discutir, mesmo. Eu preciso tomar um banho e você pode guardar as suas reclamações pra você mesma. Uma boa noite para você. — Ele disse em tom suave enquanto passava por Patrícia e subia as escadas. Ele não precisava olhar para trás para ver a expressão de ultraje que Patrícia sempre fazia quando insultada.

— Bernardo, isso não vai ficar assim! Você tem que me respeitar! — Ela pegava ar para iniciar a próxima frase, mas Bernardo a interrompeu.

— Puta merda, Patrícia, vai se foder! Me deixa em paz! Foi isso que eu falei quando saí dessa casa — hoje mesmo — e você ainda tá nessa! Eu não estou com a mínima paciência para ter essa discussão com você de novo, agora! — Ele marchou escadas acima, deixando Patrícia para trás. Ela não tinha mais palavras.

Bernardo bateu a porta do banheiro com força e se despiu. Ligou o chuveiro e deixou a água lhe massagear o rosto. A discussão não tinha ajudado sua dor de cabeça, ele sentia seus músculos pulsando sob a pele. Tornou a lembrar da garçonete, o encontro agora parecia tão distante em sua memória. Ele respirou fundo.

— Ela não me conhece.

31 . JANEIRO . 1997

— Eu não falei que você ia amar aqui? — Patrícia dizia sorrindo, enquanto abraçava o tronco nu de Bernardo. Uma alegria cristalina estampada no rosto de sua recém-esposa. Ela mergulhava no oceano e emergia atrás dele, tentando lhe assustar, com uma feição marota. Ele soltava um grito de espanto exagerado e os dois desmoronavam em gargalhadas, quebrando a superfície aquática antes de se beijarem em mergulho apaixonado. A água salgada se esgueirava — de penetra — e mesclava-se à saliva nas pequenas frestas que o beijo permitia.

O sol brilhava intenso sobre toda a praia. Era um belo dia de verão para ser o primeiro de uma lua de mel. A luz reluzia na superfície azul do espelho d'água e acentuava ainda mais a cor de café dos olhos de Patrícia. Bernardo não viu muitos filmes com sereias em sua vida, mas sabia que ela poderia atrair qualquer marinheiro para o leito do oceano sem esforço.

O mar estava ameno onde os dois nadavam, as ondas eram fracas e passavam suavemente por baixo de suas pernas, elevando seus corpos e depois os trazendo de volta para baixo em um movimento brando. O verão era rigoroso, os termômetros marcavam mais de 35 graus e nenhuma nuvem ousara intervir no mural azul impecável do céu. No horizonte, firmamento e oceano confundiam-se em um só. Bernardo poderia sentir suas bochechas queimarem no calor, e submergia a cabeça na água para alívio imediato. Ele descobria um novo pequeno prazer da vida, como puxar o plástico protetor do monitor de um computador novo.

Patrícia passeava os dedos por entre os cachos encharcados pensando no creme que precisaria usar para corrigir o dano da água salgada. Compenetrada, ela também observava a praia, dividida em três camadas.

O azul da água, onde banhistas nadavam de um lado para o outro, crianças divertiam-se, brincando com bolas, boias ou simplesmente espirrando água com as mãos. Gaivotas pairavam a poucos metros do leito, em busca de comida, antes de voarem novamente para longe com o bico cheio.

O bege da areia revelava a maior parte da população. Incontáveis esteiras, guarda-sóis e cestas de piquenique eram utilizados e ocupados desde por bebês até pelos mais idosos. Um cachorro corria livremente atrás de um *frisbee* enquanto fileiras de moças estiradas no chão buscavam atingir a tonalidade ideal de pele bronzeada.

Por fim, ao fundo, a cortina verde das copas dos coqueiros que contornavam a orla simbolizava uma tentativa pífia da natureza construída pelo homem, de esconder as fachadas de concreto tingido dos hotéis.

Perto de Bernardo e Patrícia, um casal de crianças tentava surfar nas marolas com pranchas de bodyboard, enquanto a mãe berrava à margem para que tivessem cuidado com a correnteza e não se afastassem demais. Os irmãos fingiam não escutar e nadavam até onde não conseguiam mais encostar a areia com os pés, rindo de como era engraçado tentar falar com a água à altura da boca.

Patrícia abraçava as costas de Bernardo enquanto ele nadava lentamente, como um golfinho levando-a para passear. Ele não percebeu as crianças, pois estava concentrado em seu serviço, mas Patrícia as viu e escutou a mãe gritando em desespero na areia.

— Voltem já! Aí é fundo demais!

Por reflexo, Patrícia fixou a vista nos irmãos e avisou rispidamente.

— Ei, é melhor vocês saírem daí. Não estão vendo que a mãe de vocês está preocupada?

Ambos olharam para Patrícia com descaso e retomaram a brincadeira.

Patrícia semicerrou os olhos e sorriu com o canto da boca. Puxou o cabelo de Bernardo para que parasse de nadar. Ele apenas observou quando ela engajou outra aproximação.

— Vocês sabiam que foi mais ou menos por aqui que um garotinho da idade de vocês foi engolido inteiro por um tubarão no mês passado?

— Você só quer nos assustar, tia. Eu sei que não tem tubarão nenhum aqui nessa praia — respondeu o menino, o mais velho da dupla, apoiando-se na prancha, com a típica convicção de quem não sabe do que está falando.

— É mesmo? Como você tem tanta certeza? — indagou Patrícia. — Você não tem nem um tiquinho de medo?

— Eu não! Você que é boba por acreditar nessas coisas! — O garotinho mostrou a língua para Patrícia e virou de costas. A irmã, no entanto, mostrava-se preocupada.

— Mano, acho melhor a gente voltar. A mamãe tá gritando e aqui pode ter tubarão, eu tô com medo.

— Você pode voltar, se quiser, eu quero ir mais para lá, ainda! Pegar as ondas grandes!

A garotinha insistiu, mas o menino estava irredutível. Ela mostrou a língua para ele e começou a nadar de volta.

Patrícia sussurrou algo para Bernardo. Ele sorriu para a esposa e começou a nadar para junto do garoto.

— Sabe, eu também não acredito nessa conversa de tubarão, não. Essas meninas são todas umas bestas, mesmo.

— Isso mesmo, elas não são radicais como eu!

— É isso aí, voc... — Antes que Bernardo terminasse a frase, ele soltou um berro e se projetou para baixo d'água.

Assustado, o guri bradou em desespero.

— Ei, cadê você?! Cadê você, tio?!

Bernardo retornou ao lado do garoto, segurando-o pelo braço. Ele mirou profundamente nos olhos esbugalhados do menino e exclamou a plenos pulmões.

— Alguma coisa mordeu a minha perna! Socorro! — E impulsionou-se para o fundo novamente, soltando o braço do menino para debater-se compulsivamente no mar.

Patrícia observava a cena a poucos metros atrás. Um semblante orgulhoso desenhado em sua face.

Exaltado, o garoto não quis esperar pelo retorno de Bernardo. Temendo ser o próximo, nadou o mais depressa que pôde de volta à margem. Passando como um nadador profissional por Patrícia.

Quando a água lhe batia nos joelhos, ele olhou mais uma vez para o local onde Bernardo havia sido atacado, mas só viu um corpo inerte boiando de bruços. Ele gritou novamente e disparou para os braços da mãe. A mulher, por sua vez, prontamente ignorou os lamentos do filho e o ralhou por tê-la desobedecido.

Patrícia nadou para perto de Bernardo e o cutucou na costela.

— Ei, você já pode ressuscitar! — ela disse tentando segurar o riso. — Você não acha que se fingir de morto foi um pouco demais?

— A ideia foi sua! — respondeu Bernardo. — Eu só quis dar mais realidade ao papel.

— Acho que você deu realidade o bastante. Aquele menino vai ter sorte se conseguir entrar até numa banheira, a partir de hoje.

— O importante é que ele aprendeu a não desobedecer a mãe. Não era essa lição, aqui? — Ele sorria com os olhos quase fechados, contra o sol.

— Você tem razão, amor. Agora vamos sair dessa água. Aqui pode não ter tubarão, mas esse sal vai acabar matando o meu cabelo. — Ela passava os dedos por entre as madeixas novamente, escorrendo o excesso d'água marinha.

Eles caminhavam de mãos dadas pela areia, de volta ao hotel. Dentro de si, Bernardo considerava aquele o melhor dia da sua vida. Só quando pensava em onde estava e as coisas que estava fazendo, se dava conta do quanto tinha sorte. Nunca gostara de praias, nem de crianças ou de se intrometer diretamente na vida alheia, mas ela tornava aquilo divertido. Quando Patrícia sugeriu o litoral para a lua de mel, ele aceitou sem pestanejar. Ali, caminhando sobre a areia fofa com os pés empanados, Bernardo se deu conta de que nunca havia dito "não" para Patrícia. E nunca se arrependera.

Patrícia saía do banheiro com uma toalha enrolada na cabeça e outra no dorso, o vapor do banho quente invadia o ar frio do ar refrigerado da suíte. Bernardo deitava de cueca sobre o edredom da cama de casal e assistia a algum comercial sobre produtos de limpeza na televisão.

— Finalmente! Pensei que nunca conseguiria tirar toda aquela areia de mim. — Ela esfregava as mãos nos braços, aliviada. — Que beleza de lua de mel, hein? Ficar deitado vendo tevê aberta — provocou ela quando avistou o marido, deixando escapar uma pequena risada ao fim.

— Ei, eu estava esperando você sair do banho! Você demorou bastante! — Bernardo agora estava sentado, olhando para a esposa. Ela não era tão pálida quanto ele, mas o sol também não a perdoou. Embora suas bochechas ardessem em um vermelho vivo, a face de Patrícia apresentava apenas uma suave nuance de rosa nas maçãs, deixando-a com ar infantil. Bernardo levantou da cama, desligou o televisor e uniu os corpos ainda quentes, marcados pelo verão impiedoso.

— O que você quer fazer, hoje, amor? Me diz. Eu já estava com saudade! — Ele a comprimia com pressão contra o seu corpo, os seios macios dentro da toalha se achatavam contra seu peitoral flácido. Bernardo encobriu somente o lábio inferior de Patrícia com os seus e depois os afastou, ainda envolvendo-a com os braços. Ela retribuiu a carícia e lhe beijou rapidamente de volta, fazendo um estalo com a boca.

— Estava pensando em dar uma relaxada por aqui, mesmo, hoje. Passar a noite pelo pátio, olhar a praia, tomar um drinque e pegar um vento no rosto. O que você acha?

— Eu acho que essa seria uma ideia excelente! Qualquer coisa com você já tá ótimo pra mim! Até ficar na cama vendo tevê!

— É mesmo? É só isso que você quer fazer pelos próximos dez dias? — Um tom desafiador e lascivo crescia nas palavras de Patrícia.

— Só isso! Por mim nós nem saíamos desse quarto, gata! — Ele puxou a toalha que escondia o corpo de Patrícia. Ela cravou as unhas em seus ombros e o empurrou com força na cama.

— Cuidado com o que você deseja, garotão! — Ela falou e se atirou em cima dele, derrubando, com as pernas, o abajur que descansava sobre o criado-mudo. Os dois riram do incidente e em seguida rolaram pelos lençóis, até que Patrícia tornasse a ficar por cima de Bernardo. Eles se olharam profundamente nos olhos um do outro por alguns segundos, os lábios entreabertos, a respiração paralisada e tornaram-se um só, mais uma vez.

Bernardo retirava o cigarro meio fumado da mão de Patrícia, a mancha vermelha de batom o incomodava, mas ele tragou mesmo assim. A brisa marítima era aprazível àquela hora da noite, confrontando o calor impiedoso de horas atrás. Ele abrira três botões de sua camisa e deixava o vento acariciar sua pele, o ar se dividia pelas aberturas interiores do tecido, inflando a roupa como um balão.

Já era quase meia-noite e o pátio do hotel estava praticamente deserto, exceto pelos garçons e alguns hóspedes sentados à beira da piscina. O cheiro do tabaco confundia-se com o forte exalar da maresia ao redor deles. Patrícia sorvia um coquetel de morango e champanhe por um canudo de neon laranja chamativo em uma taça alta e arredondada. Eles caminhavam em direção à areia.

— Posso ter pagado doze reais por isso aqui, mas caramba, como tá gostoso! E olha que já é o segundo! — Ela dizia enquanto seus dedos buscavam o cigarro de Bernardo. Eles dançavam pelas costas da mão de Bernardo enquanto fitavam o mar negro. As pedras de gelo tilintavam contra a taça enquanto eles desciam as escadas em direção à praia. Patrícia não era uma fumante, mas cedia aos prazeres do tabaco de vez em quando, especialmente quando bebia.

O negrume do céu ostentava suas estrelas como joias, só era possível diferenciá-lo do oceano graças ao reflexo límpido da lua na superfície plácida da água. As estrelas cintilavam como Patrícia sempre vira na televisão, mas nunca pessoalmente. As câmeras nunca fizeram jus a tamanho espetáculo. Ela finalmente entendeu a imensidão do espaço e a grandeza dos seus infinitos mistérios — além da sua compreensão — embora não desse importância. A paisagem ofuscava qualquer raciocínio lógico ou científico de sua mente, ela só queria fazer parte daquele lugar.

Patrícia parou de caminhar e sentou na areia fria, puxando Bernardo pelo pulso enquanto se agachava. Ele sentou ao seu lado, passando o braço em volta das costas dela. Ela enfiou os pés dentro da areia e descansou sua cabeça sobre os ombros de Bernardo, os cabelos escapuliram para dentro da blusa aberta dele, fazendo cócegas gostosas.

— Estou pensando no Tom, sabia? — Bernardo cortou o silêncio com ar de confissão. — Ele nunca ficou longe de mim desde que eu o adotei. Imagino se vai ficar tudo bem com ele lá, sozinho.

Patrícia estava quase de olhos fechados, ela soprava a última baforada do cigarro e deixava o vento carregar a fumaça para longe até se dissipar. Ela apagou a bagana na areia e o beijou no ombro.

— Vai ficar tudo bem. A Karina vai passar lá todo dia só pra colocar comida e água para ele, você não tem com o que se preocupar.

— Acho que você tem razão, não tenho motivos pra desconfiar da diarista da nossa vizinha, acho que eu só sou um pai muito coruja mesmo. O Tom já não é mais tão novinho, você sabe. Enfim, talvez eu precise mais dele que ele de mim.

— Bom, ele é um gato, então disso eu não tenho dúvidas. — Bernardo riu sarcasticamente e empurrou a cabeça dela de leve, em repreensão. Ela sorriu e voltou a se acomodar no ombro dele. Em seguida, a feição de Patrícia mudou.

— Sabe, bebê, meus pais nunca levavam a gente ao interior ou à praia quando viajávamos de férias. Eram sempre essas viagens grandiosas para grandes centros urbanos, cheios de shopping centers, restaurantes caros e espetáculos extravagantes. Não que não fosse divertido, eu adorava, aliás. — Patrícia pausou e contemplou as ondas quebrando. Nunca tinha percebido o quão singular era aquele som. Bernardo odiava quando ela bebia e o chamava de "bebê", mas relevou. — Mas fazer isso por toda a infância, a época onde nosso senso de aventura está mais aflorado, me fez crescer frustrada. Na adolescência eu me desliguei disso, pois estava mais interessada em meninos do que qualquer outra coisa. No entanto, quando meus hormônios sossegaram e aquele entusiasmo pelo sexo oposto passou, o anseio em correr atrás desses sonhos voltou.

"Eu sabia que não conseguiria isso dos meus pais e, honestamente, nem pensava em pedir. Por isso comecei a trabalhar desde cedo, me apliquei para ser aceita em empresas bem-sucedidas para poder conhecer o outro lado do mundo. O lado que não foi construído pela gente, sabe? Não é incrível sentar nessa praia e saber que ela está aqui há milhares de anos? Esqueça os restaurantes, os parques, as boates. Pense em quantos casais antes de nós já não sentaram exatamente aqui onde nós estamos e ficaram abraçados desse jeito? Gente que viveu aqui quando não existia nada além dessa praia e uma floresta no lugar de toda a cidade, mas que dividiram conosco o mesmo sentimento que temos hoje. — Bernardo não era capaz de distinguir o tom de Patrícia. Ela permeava entre o alívio e a tristeza.

"É uma pena termos tão pouco tempo nas nossas vidas para aproveitar o que realmente interessa. Depois desses meros dez dias, quem sabe quando poderemos simplesmente relaxar em um paraíso como esse, não é verdade, bebê? Temos que voltar para nossas obrigações, nosso cotidiano. Não podemos nos permitir desperdiçar nenhum segundo. Vamos ter a vida inteira para deitar e ver televisão, mas os momentos que ficarão tatuados nas nossas lembranças vão ser esses. Só em um ambiente puro como esse, eu acredito que o amor pode aparecer na sua forma mais verdadeira, sem as interferências do mundo externo. Eu estou muito feliz de poder partilhar isso com você, amor. Espero que seja assim para sempre. — Patrícia puxou o pescoço de Bernardo para baixo e lhe beijou os lábios com leveza.

— Eu também — Bernardo respondeu objetivamente. Meio irritado com a ligeira embriaguez de Patrícia. Ela levou o canudo novamente até os lábios e sugou, mas, em vez do líquido, foi surpreendida por aquele infeliz ruído característico de quando só restam os cubos de gelo dentro da taça.

— Opa, veja você! Minha bebida já acabou e eu ainda estou com sede! Fica aí bonitinho que eu vou lá no bar comprar mais um, ok? — Ela falava depressa enquanto levantava-se, sem dar tempo para Bernardo replicar. Ele apenas a observou correr pela areia, deixando suas pegadas na areia afofada, até sumir escadas acima. Ele acendeu o último cigarro da carteira, amassou e guardou no bolso da camisa.

Enquanto Patrícia se afastava, Bernardo ponderava sobre o que acabara de escutar. Ele não sabia o quanto daquilo ela realmente acreditava, por estar meio bêbada, mas estava compungido diante da recente mudança de humor pelo qual passara nos últimos minutos. Acreditara ter sido feliz por todos os anos ao lado de Patrícia, e sentia no seu âmago que aquela sensação boa atingia seu apogeu neste primeiro dia de lua de mel. Ele não tinha dúvidas de que os próximos nove dias seriam tão bons quanto, mas ainda não tinha parado para pensar no que viria depois, até Patrícia tocar no assunto. Estaria preparado para a nova vida? Uma vida de intervalos.

Trabalhar a semana toda aguardando a sexta-feira já era uma noção com o qual Bernardo estava habituado. Antes enfurnado no seu apartamento abafado, assistindo a filmes, fumando e brincando com um gato, ele agora entendia que férias poderiam ser algo além de uma fuga das responsabilidades. Trabalharia onze meses para escapar durante um mês ao lado dela. Ela, quem o ensinou o valor de viajar e viver suas próprias experiências. No meio tempo, teria sua bela esposa ao seu lado, lhe dando forças para aguentar as atribulações dessa existência comum, e ele faria o mesmo por ela.

Pensando bem, não parece uma vida ruim. Certamente não é pior do que a que eu vivia antes. Ele soltava a fumaça pelas narinas, contra os joelhos dobrados.

Pensando em Patrícia, Bernardo percebeu que sua esposa sumira há mais de 15 minutos, mas teve pouco tempo para especular sobre o seu paradeiro. A zoada bagunçada de várias vozes falando ao mesmo tempo lhe tirou a concentração. Ele virou o corpo e viu Patrícia descendo as escadas ao lado de um jovem casal desconhecido. Eles conversavam em voz alta, rindo e bebendo.

O homem era alto e atlético, trajava uma camisa havaiana e calças cáqui com as bainhas enroladas até o meio da canela. A mulher possuía longos cabelos loiros, ornados por uma coroa de flores coloridas. Um vestido indiano folgado cobria seu corpo até os pés. Eles caminhavam de mãos dadas, segurando um copo com a mão livre.

Bernardo levantou-se para cumprimentá-los, mas Patrícia correu em sua direção, abraçando-o em colisão. Ele quase caiu para trás, mas manteve o equilíbrio.

— Bebêêêê! Tudo bem?! — Patrícia gritava e o encarava com os olhos arregalados. Bem mais embriagada do que quando o deixou. Bernardo aborreceu-se, mas procurou esconder a zanga diante do casal. — Esses aqui são o Fernando e a Ariane! Eu os conheci no bar agora mesmo! Eles também estão de lua de mel, como a gente! Não é lindo? Logo quando eu estava falando sobre os casais que vinham para essa praia! Parece coisa do destino!

— Muito prazer. E parabéns pelo casamento. — Bernardo estendeu a mão para cumprimentá-los.

— Ah, para que tanta formalidade? Somos todos casados. — Ariane empurrou a mão de Bernardo para baixo e o envolveu em um abraço apertado. Os braços de Bernardo continuaram rentes ao seu tronco enquanto ele sentia o corpo longilíneo de Ariane contra o seu. Ele olhou para Fernando, constrangido. Ele o encarava de volta sorrindo. Quando Ariane o soltou, Fernando fez o mesmo.

— Muitas felicidades, Bernardo! Que todos nós sejamos muito felizes, hein?! — A barba por fazer dele arranhou o rosto liso de

Bernardo e o odor forte de álcool vindo dele invadiu suas narinas. Ele sentia que sua coluna fosse se partir ao meio como um palito de dentes com o aperto vigoroso de Fernando. — Ei, acho que agora que estamos os quatro reunidos, deveríamos fazer um brinde! As mulheres concordaram em uníssono. Bernardo tentou contestar por não ter um copo, mas Patrícia o convenceu a beber do mesmo copo que ela, ao mesmo tempo. Eles juntaram as bochechas e Patrícia virou a taça em um movimento brusco, Bernardo sentia o líquido entrar pelo canto da sua boca e o resto lhe escorrer pelo queixo, caindo gelado contra o seu peito. Ele notou que Patrícia não bebia mais champanhe, aquele era um coquetel de vodca. Ele limpou o peito com as costas da mão e a fitou em reprovação, mas ela não percebeu.

Os quatro sentaram-se na areia em um círculo. Fernando esbofeteou a coxa de Bernardo.

— E aí, Bernardão? A Patrícia disse que você gosta muito de filmes! Você trabalha com isso?

— Não, não. Eu sou chefe de almoxarifado, só gosto de ver filmes, mesmo. — A coxa ardia e ele a esfregava discretamente.

— Ele é completamente viciado! Antes de nos conhecermos, era só o que ele fazia da vida. Assistia filmes o dia inteiro! Nós até nos conhecemos em uma locadora, dá pra acreditar? — Patrícia pausara para rir duas vezes enquanto falava. Em seguida, deu um longo gole no que restava do coquetel.

— Ah, queria eu ter tempo para ver todos os filmes que quisesse. A minha vida é uma correria incessante. Cada semana em um país diferente, minhas férias fragmentadas em poucos dias para poder ver o Fernando, e isso quando a agenda dele coincide com a minha! É um terror, não é, Nando? — Ariane acariciava os pelos curtos que nasciam no queixo de Fernando.

— Vários países? Você é algum tipo de modelo ou coisa parecida? — perguntou Bernardo.

— Ai, Bernardo! Não tá na cara?! Os dois são modelos! — Patrícia cortou em tom condescendente.

Bernardo olhou para Ariane e Fernando com um misto de inveja e comiseração no olhar. Eis duas pessoas belas, jovens, bem-sucedidas e que conhecem o mundo a trabalho. Uma vida que outros fariam de tudo para ter, e ele sabia que estava incluso neste grupo. Mas, ao mesmo tempo, Ariane e Fernando não podem partilhar nada entre si. Um companheirismo resumido em e-mails e ligações corridas. Contato reduzido a parcos dias de férias juntos, quando possível. No restante do tempo, sobra apenas esperar sair o novo ensaio fotográfico em alguma revista e comprar para ver em casa, como mais um fã qualquer. Pessoas que passam tanto tempo viajando, que sonham acordadas com alguns dias livres que poderão passar em casa. Poderia existir amor em um cotidiano tão superficial?

Um sentimento perfeito para a profissão de futilidades que exercem. Ele pensou.

Bernardo sentiu-se aliviado em sua mediocridade. Não poderia viver daquele jeito, escravizado por compromissos, abdicando de seus hábitos em nome de um sucesso que lhe sugaria a vontade de usufruir das regalias que lhe eram proporcionadas. Não existia mesmo felicidade plena. Patrícia tinha razão, esses momentos precisavam ser prezados.

E então, um sentimento de pena lhe atingiu, veloz e devastador, como um tornado. Bernardo agora estava compadecido por Ariane e Fernando. Já não queria o sucesso, a beleza e as viagens. Escolheria a vida pacata independentemente de quantas vezes lhe oferecessem a fama. Poderia ser monótono, mas seus momentos felizes seriam muito mais frequentes, tinha certeza.

Flagrou-se aborrecido com a hipocrisia de Patrícia. Ela o prometera lembranças eternas e experiências a dois inesquecíveis para estreitar laços afetuosos. Histórias para se lembrarem quando estivessem idosos, sentados lado a lado em cadeiras de balanço. Ferramentas para ajudar a superar os tempos árduos que se seguiriam na vida que partilhariam dali em diante. Em vez disso, ela apareceu bêbada com um casal desajustado de modelos debilóides.

Enquanto Bernardo reservava-se em reflexões, Patrícia metralhava palavras.

— Não seria incrível viver a vida deles? Eles devem conhecer todas as pessoas que você vê nos filmes, bebê! Ariane, você tem essas roupas lindas de marca de graça! Que sonho!

Ariane estava um pouco acanhada com a ebriedade incisiva de Patrícia, mas tentou camuflar com um sorriso falso.

— Bom, sim, mas como eu disse, nem tudo é como essa minha coroa, aqui, né? Flores. — Ela gracejou tentando desconversar, apontando para o acessório.

Fernando procurou mudar o assunto.

— Bom, e o que vocês farão nos próximos dias? Ouvi dizer que essa praia é ótima para pegar umas ondas, o que você me diz, Bernardo? — Ele encostou no ombro de Bernardo para chamar-lhe a atenção.

Bernardo estava alheio até então, o olhar vidrado para o nada pintando todo um cenário em sua mente sobre como Patrícia conhecera Ariane e Fernando. Ele imaginava-a andando pelo bar distraída com uma taça na mão e esbarrando sem querer no casal. *Ela deve ter se desculpado e eles provavelmente foram simpáticos e deixaram escapulir que eram recém-casados. A essa altura ela deve ter começado a falar sem parar, como geralmente faz. Todos tomaram alguns drinques e, achando-a uma garota divertida, foram convencidos a ir até a praia para que pudessem conhecer o famoso maridão. O que os trouxe a esta reunião desconfortável e sem propósito.* Bernardo imaginava, com perfeição, as imagens aceleradas à sua frente, como num esquete de Benny Hill. *Parabéns, pelo menos eles se esforçaram.*

Não fosse pelo toque brusco de Fernando, Bernardo teria ignorado a pergunta completamente.

— Ah, claro, mas cuidado, eu ouvi dizer que nessas águas tem tubarão, viu? — Bernardo fitou Fernando com olhos austeros. Internamente, agradeceu por estar sóbrio, ou não teria contido o riso.

Patrícia soltou uma alta gargalhada e abraçou Bernardo bruscamente, o movimento dos seus pés levantou areia contra o vestido de Ariane. Seu rosto imprensado contra o de Bernardo abafava o riso estridente. O sorriso de Fernando esvaiu-se, dando lugar a um semblante confuso e incomodado, similar ao de sua esposa.

Embora ligeiramente embriagados, nem Fernando nem Ariane haviam bebido tanto quanto Patrícia. A cada minuto transcorrido a sobriedade os atingia com fortes pancadas de realidade, enquanto se davam conta de que não queriam ficar ali nem mais um pouco.

Ariane levantou-se, estapeando o vestido para remover a sujeira. Fernando ergueu-se em seguida e pôs o braço em volta dela.

— Bom, está ficando um pouco tarde para a gente, já vamos nos recolher — ela disse em um tom de cortesia que só tapearia alguém tão alterado quanto Patrícia.

— Mas já, tão cedo? Fiquem mais um pouco! Vamos olhar as estrelas, ouvir o mar! — Patrícia esticava sua mão, tentando alcançar a de Ariane, sem sucesso.

— Ah, não podemos. Nossa vida é muito regrada, precisamos dormir cedo e acordar cedo para não confundirmos nosso relógio biológico. Uma merda, eu sei. — Fernando olhava para Ariane com o canto dos olhos enquanto falava, torcendo para que aquilo fizesse Patrícia se calar.

— Eu entendo, cada um com suas manias e necessidades, não é? — Interviu Bernardo, para o alívio do casal. — Deixe os modelos terem o sono de beleza deles, Patinha.

Os olhos de Patrícia caíram como os de um cachorro que é recusado comida. Ela levantou e abraçou os dois ao mesmo tempo.

— Bom, já que é assim, a gente pode se ver amanhã no café da manhã, se a ressaca permitir, né?! Amei conhecer vocês! Boa noite!

Ariane e Fernando agradeceram, responderam de volta automaticamente como uma dupla de computadores. Assim que Patrícia os largou, eles começaram a andar, acenando "tchauzinhos".

Patrícia continuava berrando aleatoriedades enquanto eles se afastavam: "Nada de sexo, hein!" "Vamos marcar alguma coisa!" "Depois me passem uns cremes bons que vocês usam para a pele!".

Bernardo tapou a boca de Patrícia com a mão.

— Cala a boca, Patrícia, você tá bêbada! Não tá vendo que você deixou os dois constrangidos? Por que você bebeu tanto?!

— Ele disparou rispidamente, estava sufocando essas palavras há uma hora.

Patrícia inclinou a cabeça para o lado direito, de cenho franzido e a boca ligeiramente aberta, típico de quando era insultada.

— Do que você está falando, Bernardo?! Eu bebo o quanto eu quiser e isso não é da sua conta! Eu estava fazendo amigos, desculpa por tentar ser simpática! Eles foram embora porque estavam cansados, não por minha causa. Reparou que eles também estavam bebendo?

— Eles estavam bebendo, mas não estavam loucos como você! Você ria alto, interrompia as conversas, falava besteira! Parece que virou outra pessoa quando voltou do bar! O que aconteceu com os nossos momentos? Pensei que você quisesse ficar comigo, não comigo e mais dois estranhos! — Ele arfava, cansado de gritar.

Instantaneamente, Patrícia se calou. A vontade de discutir sumira sem deixar vestígios. Ela o abraçou silenciosamente até que caísse por cima dele, na areia. Seus cachos cobriam o rosto atônito de Bernardo. Ela estava bêbada demais para dar o braço a torcer, mas sabia que ele tinha razão. Ela o beijou passionalmente, com os braços em volta do pescoço dele.

Bernardo não sabia o que tinha feito para merecer aquilo, mas foi o bastante para perceber que já não tinha raiva. Os olhos ainda abertos de susto lhe permitiam espiar de perto a feição sincera no rosto de Patrícia, mesmo de olhos fechados. Algo naquele beijo conseguia lhe sugar todas as suas forças, ele concordaria com qualquer condição para poder beijá-la. Bernardo fechou os olhos e se entregou.

Com seus cabelos ralos misturados ao volume dos caracóis dela e a nuca enterrada na areia naquele beijo ardente, Bernardo ainda sentia a brisa soprando gentilmente contra o seu rosto e esgueirando-se por dentro da sua camisa. As ondas quebravam atrás deles, ao longe. Bernardo pensou em quantos casais já estiveram exatamente ali antes deles e retribuiu o beijo com vigor. Imediatamente soube que aquela seria uma das memórias que guardaria para sempre.

13. MARÇO. 2006

Bernardo retirava seus pertences, um por um, e os guardava dentro de uma mochila de couro velha. Caneca, canetas, lápis, porta-retratos com uma foto de Patrícia, agenda, um gatinho de porcelana segurando uma câmera Super 8 — presente de aniversário de casamento — entre outros objetos pessoais. Ele posicionou o bibelô com cuidado extra, envolto em um moletom, para que não quebrasse. Não era materialista, gostava de sua mesa de trabalho espaçosa e bem organizada, mas agora a olhava limpa e vazia, estupefato com o quanto alguns objetos simplórios poderiam definir que aquele era o seu lugar. E o quão rápido tantos anos se apagariam sem deixar rastros.

Como um fantasma, vagou silenciosamente para fora de seu cubículo. O terno e a mochila nas costas lhe davam um ar contraditório, de estagiário, não o de um funcionário experiente. Ex-funcionário. Ele atravessou a sala ciente de que todos os olhos voltavam-se para ele. Olhares piedosos, como os porcos que testemunhavam um deles ir para o abatedouro, sem saber qual seria o próximo.

Cochichos. Telefones tocavam e alguns funcionários ainda discutiam questões do dia a dia. Bernardo escutava o zumbido das vozes ao caminhar. Ele não conseguia compreender o que era dito, mas o som sibilante ao seu redor lhe perfurava os tímpanos, e ele percebia quando seu nome era proferido. Preferiria que estivessem berrando. Rostos familiares, conhecidos de décadas não poderiam sair dos seus postos para lhe dar uma palavra de conforto, não que Bernardo fizesse questão. Não era como se alguma alma ali fosse verdadeiramente sua amiga.

As luzes fosforescentes do escritório esquentavam sua cabeça calva. Nervoso, ele já suava frio, mas agora também transpirava de calor, a transpiração manchava sua camisa, escondida pelo paletó. Só queria chegar até o elevador de uma vez. E torcer para que estivesse vazio. Apertou o botão, a espera pareceu uma eternidade.

Pelo menos nunca mais precisarei ver nenhuma dessas pessoas de novo. Pensou. Estava abismado como o seu sentimento perante aos colegas de trabalho não mudara desde o dia em que começou a enjoar daquelas faces. Todos pareciam tão cínicos.

As portas se abriram, Bernardo respirou fundo ao ver Cláudio, um velho conhecido do departamento de Recursos Humanos. Eram seis andares até a garagem. Bernardo rezava para que fosse uma viagem silenciosa. Ele ocupou o canto oposto ao de Cláudio no elevador e encarou seus sapatos.

Antes mesmo que as portas se fechassem, Cláudio aproximou-se e pousou a mão no ombro de Bernardo.

— Cara, sei que é difícil passar pelo que você está passando, depois de tantos anos colaborando conosco. Queremos que você saiba que essa decisão não foi pessoal, mas infelizmente precisou ser feita. Mesmo assim, queremos que você conte conosco para tudo que precisar. — Cláudio sorria amistosamente, um par de óculos de aro fino repousava sobre seu rosto redondo, dando-lhe uma aparência bonachona.

Bernardo tinha vontade de lhe quebrar os dentes. Odiava todos do departamento de Recursos Humanos, o jeito como procuravam apaziguar certas palavras com eufemismos baratos lhe fervia o sangue. Não havia sido demitido, havia sido "descontinuado". Não era um funcionário, era um "colaborador". *Que corja, juram que podem falar qualquer merda, desde que seja com carinho*. Bernardo levantou a cabeça e olhou Cláudio nos olhos, enxergando seu próprio reflexo nas lentes dos óculos.

— Obrigado, Cláudio. Muito obrigado, mesmo. Mas me desculpe se eu não procurar vocês nesse meu momentinho de dificuldade. Não sou seu amigo, não fui pelos últimos vinte anos, mas isso você não sabe, só trabalha aqui há uns dois ou três, não é? Então me faça um favor e avise lá ao pessoal do seu departamento que eu não faço questão da compaixão de nenhum deles. E nem de ninguém, aliás. Isso aqui não é o meu funeral, ninguém precisa agir como se eu fosse uma pessoa incrível do qual todos vão sentir saudade. Eu sei que eu não vou sentir falta de nenhum de vocês. Então se der pra cortar o papo furado e me deixar ir embora daqui em paz, você já me ajudaria muito mais do que falando qualquer outra dessas baboseiras solidárias que ensinam lá no seu setor. Pode ser? Muito obrigado, então. Até a vista. — Bernardo estava vidrado nos olhos de Cláudio, enquanto falava, podia ver-se gesticulando agressivamente no reflexo. Ele gostava de ser esse homem imponente que quase nunca dava as caras. Não tinha mais medo daquele lugar. Já havia sido demitido, o que mais poderiam fazer contra ele?

Assim que terminou de falar, o elevador parou no segundo andar. Uma moça de terno e aparência séria posicionou-se entre Bernardo e Cláudio. Bernardo recostou-se contra uma das paredes e aguardou em silêncio até chegar ao térreo. Cláudio olhava para a parede, estarrecido, seu cérebro ainda tentando processar o que acabara de ocorrer.

As portas se abriram mais uma vez, Bernardo caminhou para fora sem olhar para trás. A moça seguiu seu caminho. Cláudio aguardou mais alguns segundos para não ter que andar ao lado de Bernardo.

O percurso até seu carro fora bem mais prazeroso que o traçado do escritório até o elevador. Às custas de Cláudio — que nada tinha a ver com sua demissão — Bernardo estava mais leve. Deslizava pelo piso de concreto do estacionamento como um patinador no gelo. Tinha um cigarro em seu bolso pronto para ser aceso. O reservara para extravasar a tensão, mas agora o usaria para relaxar ainda mais. Merecidamente.

Enquanto manobrava o carro para fora da garagem, a realidade começou a cutucar. Bernardo sabia que aquela satisfação não duraria nem quinze minutos. Ele já a sentia se esvair a cada segundo.

Que diabos eu vou fazer da minha vida, agora? O pensamento ecoava dentro de sua cabeça, mas Bernardo poderia jurar que as vozes saíam dos alto-falantes do carro, a todo volume.

Absorto, Bernardo acelerava pelo estacionamento, sem perceber a caminhonete que saía de uma vaga à sua frente em marcha ré. Gritou de susto quando ouviu o motorista buzinar desesperadamente. Em um reflexo instintivo, pisou no freio com os dois pés. Seu para-choque frontal parou a centímetros da porta do passageiro, onde uma adolescente cobria os olhos com as mãos.

O pai da garota gritava e xingava de dentro da caminhonete, mas Bernardo não prestava atenção nas palavras, só escutava chiados. Ele ignorou os berros, engatou a marcha ré para se afastar da caminhonete, depois a primeira. Contornou o veículo com cuidado e deixou o pai acalentando a garota, enquanto se afastava do estacionamento como se não fosse problema seu. Bernardo puxou a carteira de cigarros do bolso da camisa. Estava vazia.

Definitivamente precisarei parar na loja de conveniências, no caminho. Pensou.

Bernardo saltou do carro com um cigarro entre os lábios e uma garrafa de uísque barato na mão. Não tinha a menor ideia do que faria depois, nem do que diria para Patrícia, mas decidiu que só trataria deste problema quando fosse absolutamente preciso. Ele entornava o líquido direto do gargalo enquanto caminhava trôpego até a porta.

Girou a chave na fechadura com certa dificuldade, mas conseguiu entrar em casa. Bateu a porta com um coice enquanto andava até o sofá da sala. Tom repousava serenamente em um dos braços do sofá. Sono profundo, o felino não percebera a estrondosa chegada de Bernardo. Desde o estampido súbito do bater da porta, até os passos pesados de seu dono para o mesmo sofá onde adormecia. Só despertou quando Bernardo tombou de costas sobre o sofá, como uma árvore derrubada.

Tom acordou em um salto, direto para o piso. Teria de encontrar outro local para dormir pelo restante do dia. Bernardo o assistia andar contrariado para fora do alcance da sua vista enquanto dava longos goles na garrafa.

— Tomzinho, vem cá, vem! Psst, psst! Vem ficar um pouco comigo, vem! — A língua tropeçava em si mesma para pronunciar as palavras, enquanto o gato ignorava completamente o apelo e desaparecia para dentro da cozinha.

Contrariado, Bernardo levantou-se bruscamente do sofá. Tentou manter-se em pé, mas a vertigem da embriaguez o derrubou. Caiu sentado na almofada do meio. A garrafa, virada de lado, encharcava o estofado, escorrendo bebida até o tapete abaixo. Bernardo ergueu-se mais cautelosamente e cambaleou até a cozinha.

— Tooooom! Vem aqui agora ficar comigo, gatinho! Tô precisando da sua companhia! Tooom! — ele exclamava o nome do gato entre um e outro gole do uísque, cuspindo saliva e bebida pelos ladrilhos da cozinha. Acuado, o bichano escondia-se no vão abaixo do armário sob a pia. De costas contra a parede, torcendo para que não fosse perturbado novamente.

Bernardo deambulava a esmo pelo cômodo, ainda gritando pelo nome do gato e espiando todos os cantos onde ele poderia ter se escondido. Atrás da geladeira, debaixo da mesa, detrás da porta, em cima das prateleiras de temperos. Ele teria de estar ali. Por um descuido, o cigarro escapuliu de seus dedos, girando no ar até o chão gelado. Bernardo parou e o encarou por alguns segundos, considerando se valeria a pena abaixar-se para juntá-lo. Tinha medo de passar mal e vomitar, com o movimento brusco, ele sabia que poderia pegar um cigarro novo no bolso. Cogitou por mais alguns segundos, apoiando as nádegas sobre a mesa.

— Que se foda, depois a Patrícia limpa a sujeira — disse preparando-se para apagar o cigarro aceso com a sola do sapato. Apalpou seus bolsos e percebeu que havia deixado a carteira de cigarros sobre a mesa de centro, na sala. No último instante, ele removeu o pé que pairava sobre a fumaça. — Não vou voltar para a sala agora que já estou aqui. Nem a pau.

Bernardo respirou fundo e agachou-se lentamente para pegar o cigarro no chão. Ele esticava a mão para apanhá-lo quando, àquela altura, pôde enxergar os olhos de Tom, abrigado no vão sob o armário abaixo da pia. Como se fosse enfeitiçado, Bernardo esqueceu-se do cigarro e fitava o gato sem piscar os olhos. Esmagou o cigarro com o joelho, sem querer, enquanto engatinhava até o vão, espalhando cinzas e tabaco pelo piso.

— Aaaaah, então você estava aí, né? Não conhecia esse seu esconderijo, seu pilantra. Vem cá, vem. Pssst. — Bernardo falava com uma voz macia, tentando atrair Tom, sem sucesso.

Cansado de esperar, Bernardo encostou o peito contra o chão e estendeu o braço, tentando segurar o animal. Tom recuava. Não estava com medo, mas frustrado e com preguiça pelo sono interrompido. Bernardo encostou a face esquerda contra o granito gelado para enxergar melhor, até conseguir agarrar Tom pela anca. Ele recolheu o gato delicadamente, deslizando-o pelo piso até os seus braços.

— Você vai ficar me fazendo companhia até a Patrícia chegar, por bem ou por mal! — ele avisou, incisivo, perto do rosto de Tom, que abaixou as orelhas e fechou os olhos.

Levantou-se com cuidado, mais uma vez, carregando Tom com as patas dianteiras sobre o ombro e as traseiras apoiadas no antebraço à frente do seu peito. A outra mão ainda segurando a fiel garrafa. Largou-se mais uma vez sobre o sofá, ensopando as costas da camisa na poça de uísque que se formara.

— Que merda, mas será que hoje nada vai acontecer a meu favor?! — berrou. Cansado demais para mudar de posição, acomodou-se ali mesmo. — Uma hora isso vai secar, não tem problema. Ele afrouxou o cinto e deixou sua barriga se esparramar, enfim livre.

Tom acomodava-se sobre a barriga avantajada de Bernardo, amaciando o tecido da camisa com as garras antes de deitar. Bernardo o contemplava com um sorriso bobo no rosto. O felino não demorou a cochilar e ronronar. A vibração leve da respiração de Tom lhe relaxou, ele alcançou um cigarro sem precisar se levantar e o acendeu.

Ele ligou a televisão e ficou assistindo ao telejornal local. Um assalto a banco era noticiado em tempo real, enquanto a polícia tentava negociar a liberação dos reféns dentro da agência. Homens de farda armados, cercados por viaturas e luzes cintilantes dominavam toda a fachada do edifício.

— Jornais, sempre a mesma porcaria. Se eu tenho uma certeza nessa vida, é de que crime e os repórteres tontos sempre existirão. Esse povo gosta mesmo é de violência, Tom. — Bernardo afagava a nuca do bichano enquanto as câmeras mostravam o cinturão de pessoas paradas atrás do perímetro policial, curiosas. — Pelo menos nos filmes a gente tem um pouco mais de variedade.

Bernardo zapeou pelos canais até cochilar com o cigarro, que havia apagado, pendurado no canto da boca, e o controle remoto na mão. Na tevê, um filme abordava a vida de um negociador profissional da SWAT, enquanto ele conversava com um sequestrador pelo telefone.

Bernardo abrira os olhos devagar, a luz forte no teto ofuscava sua visão turva e o volume da tevê machucava seus ouvidos. Aos poucos, começara a sentir uma crescente ardência quente na bochecha.

— Bernardo! Acorda, caralho! — Patrícia esbravejava, esbofeteando o rosto do marido. — Tô gritando contigo há cinco minutos, já! Que merda é essa aqui na nossa casa? Anda, fala! Acorda, porra!

Ele sentia-se como uma múmia voltando à vida após milênios de descanso. O barulho da tevê não chegava aos pés dos gritos de Patrícia. Os berros retumbavam dentro de sua caixa craniana. Ele tentava compreender o que estava acontecendo em meio ao turbilhão à sua volta. As retinas se contraíam, ajustando-se à luz, ele recobrava a consciência das últimas horas em ritmo vagaroso.

— Você tá fedendo, Bernardo! Fez a maior sujeira aqui no sofá! O que você fez o dia todo em casa?! — Ela lhe estapeava os braços, agora, como uma mãe impaciente tentando acordar o filho para o colégio.

Bernardo ouvia os gritos de Patrícia, mas ainda não se sentia forte o bastante para responder qualquer coisa em sua defesa. Ergueu-se lentamente, procurando ficar sentado, coçando os olhos com as costas das mãos. Como estavam secos. A língua grudava no céu da boca, áspera, sem saliva.

Ao ascender, revelou a enorme mancha de uísque no estofado do sofá, assim como nas costas da camisa. Patrícia encarou-o atônita, boquiaberta.

— Que porra é essa, Bernardo? Você tava tentando incendiar a nossa casa?! — ela esbravejava, apontando para o cigarro apagado, no canto do sofá. — O que te deu na cabeça?!

Ele tentou ordenar alguns pensamentos lógicos na cabeça, mas quando abriu a boca, emitiu um grunhido incompreensível em uma voz cavernosa. Ele se espantou com o som tanto quanto Patrícia.

— Ai, Bernardo. Eu não acredito que você tá de ressaca em plena segunda-feira. Você não tem mais o que fazer, não? — Incrédula, ela se impunha sobre Bernardo, de pé, com os braços cruzados.

Bernardo levantou-se ignorando Patrícia e foi até a cozinha. Ele pegou uma garrafa d'água na geladeira e bebeu direto da boca. Como mágica, ele sentia o líquido reidratando sua língua e garganta, instantaneamente se sentira melhor. Alguns filetes escorriam pelos cantos dos lábios.

— Puta merda, Bernardo! Você fez uma lambança aqui na cozinha, também, hein? Que que é? Vai zoar a casa inteira? — Patrícia apontava para as manchas de uísque e o cigarro esmagado no chão. — E será que dá pra usar um copo? Não sei se você sabe, mas você não tá com um aspecto muito higiênico no momento.

Bernardo virou os olhos para ela enquanto entornava a garrafa sem arrependimentos. Por fim, bateu o recipiente plástico sobre a mesa e aproximou-se de Patrícia, seu rosto a centímetros do dela.

— Eu fui demitido — sussurrou com o tom mais insípido que conseguiu encontrar, ao pé do ouvido de Patrícia. Esgueirou-se para passar pela porta e se encaminhou até a escada. Patrícia não o perseguiu, permaneceu petrificada onde estava. Ela tentou segurar sua mão por instinto. Ele sacudiu o pulso levemente e ela soltou. — Vou tomar um banho, depois nós conversamos.

Patrícia pegou a garrafa abandonada sobre a mesa e despejou o restante no ralo da pia. Borrifou detergente em uma esponja e ensaboou a garrafa inteira, certificando-se de que nenhuma gotícula daquela saliva asquerosa sobrara. Aproveitou para lavar o resto da louça enquanto procurava digerir as palavras de Bernardo.

Ela esfregava um copo com força, pressionando a superfície com rigidez para remover uma mancha encrostada. Movimentos repetidos, brutos. Quando o vidro não suportou mais o abuso, espatifou-se por entre os dedos de Patrícia.

Patrícia entregou-se às lágrimas enquanto os estilhaços de vidro tilintavam contra o revestimento de metal da pia. Os lábios tremiam e ela soluçava baixo, tentando controlar o pranto para que Bernardo não a ouvisse. Só percebeu que a palma de sua mão sangrava quando o sabão em contato com a carne aberta despertou a dor.

Ela baixou os olhos e viu o estreito, mas contínuo, filete vermelho misturar-se com a água da torneira, formando um pequeno redemoinho sobre o ralo, em meio aos cacos de vidro. Patrícia pressionou o rasgo com o polegar da outra mão e apressou-se para o quarto, buscando um curativo.

Bernardo olhava-se no espelho e — por um segundo — não acreditou em seu reflexo. Os cabelos que ainda lhe restavam estavam desgrenhados, os olhos vermelhos e fundos, a pele amassada, ressecada. Ele tentou sorrir para melhorar a aparência, mas só conseguiu parecer mais assustador.

— Eis o rosto de um vencedor — disse em tom condescendente. Ele abriu o armário de remédio atrás do espelho e tirou duas aspirinas. A dor de cabeça era latente. Colocou as pastilhas na boca, abriu a pia e formou uma concha com as mãos. Em um movimento veloz, engoliu tudo de uma vez.

Desabotoou a camisa e — ao tentar despir-se — suas costas agarraram-se ao tecido. O uísque ressequido grudava-se contra sua pele pegajosa e seus pelos das costas. Precisou puxar com certa força para livrar-se da camisa. Concentrou tudo que vestira em uma enorme bola de roupas e arremessou dentro do cesto.

Do lado de fora, Patrícia batia na porta.

— Bernardo, não demora, por favor. Vamos falar sobre isso.

— A entonação raivosa agora dava lugar a um tom preocupado.

Bernardo ignorou o apelo, enquanto ela encostava a testa contra a porta.

Ele girou a válvula do chuveiro e torceu para que a água ajudasse o seu rosto do mesmo modo como fez com a sua boca. Patrícia sentou-se à beira da cama e fitou a porta do banheiro, massageando a mão ferida.

Bernardo estava ensaboado da cabeça aos pés. Ele enxaguava o tronco e os membros na esperança de que também pudesse se limpar dos pensamentos ruins. Ele não sabia o que faria com a sua vida. Nunca havia feito nada com a sua vida. Era um homem limitado e era ciente do pouco que era capaz. Nunca seria extraordinário, mas sabia obedecer a ordens. Sempre estudou o bastante para passar de ano na escola e estava satisfeito. Esteve satisfeito pelos últimos vinte anos. Estagnado. Agora, desnorteado.

O que diria para Patrícia? Com que olhos a encararia ao ter que lhe dizer com todas as letras que sua vida estava completamente nas mãos dela? Ela não merecia viver sob tamanha pressão. Ele havia falhado como marido. Como homem. E temia que ela concordasse. Ficaria sozinho, sem ter para onde ir. Um mendigo, esfarrapado, sujo, sobrevivendo da caridade de estranhos. Naquele mercado de trabalho competitivo, quem o contrataria? Velho, desatualizado, incapaz. Seria o seu fim.

O coração pulsava intensamente, Bernardo sentia os batimentos como murros em seu peito. O que aconteceu com a sua vida? Todos esses anos para perder o rumo assim, do nada? O pânico tomara conta de seu corpo. Ele sentia as paredes do banheiro se comprimindo. A respiração estava ofegante. Apesar da ducha fria, Bernardo transpirava. Ele precisava de ar puro, precisava sair dali. Não poderia viver daquele jeito.

Ele berrava, mas precisava fazer força para a voz sair, tentando abrir a porta do boxe em desespero. Uma tontura repentina turvava sua visão, ele não conseguia pensar direito. O coração debatia-se contra a caixa torácica.

Patrícia levantou-se em disparada contra a porta do banheiro. Ela esmurrava a madeira com força e forçava a maçaneta, soltando o curativo e manchando a superfície com sangue.

— Bernardo, está tudo bem?! Fala comigo, Bernardo! — Patrícia exclamava sem resposta. No interior, somente os gemidos e lamúrias incompreensíveis do marido.

Ele tentava abrir o basculante, queria colocar a cabeça para fora para respirar melhor, mas as mãos chacoalhavam, não respondiam aos seus comandos. Ele derrubava as embalagens de shampoo, cremes e condicionadores enquanto bracejava a esmo. Desistiu e correu para a porta do banheiro. Tinha que sair dali antes que sufocasse.

Patrícia sentia Bernardo girar a maçaneta pelo lado de dentro. Ela batia na porta e o mandava abrir imediatamente. Ele sacudia com toda a força. As mãos suadas puxavam, empurravam, mas Bernardo se esquecera de destrancar a porta. O suor escorria abundantemente da testa e lhe queimava os olhos.

Enfim, conseguiu remover a tranca, mas antes que pudesse escapar da prisão azulejada, tudo ficara negro. E então, silêncio. Nada mais se mexia. A maçaneta estava imóvel. Tudo que Patrícia escutou foi o baque surdo do corpo inerte de Bernardo contra o ladrilho encharcado.

11. MAIO. 1976

Era um sábado pacato — como de costume — Bernardo acabara de almoçar e sentava-se ao lado de Marli na varanda de casa. Ele tentava espiar com o canto dos olhos o que sua mãe lia naquele grosso livro em suas mãos. Bernardo o considerava interminável, Marli já o lia há mais de um ano e nem estava perto do fim, ele só conseguia pescar algumas palavras, movendo os lábios enquanto o fazia. Algo sobre um homem perdido em uma cidade desconhecida. Bernardo tentava preencher as lacunas com sua imaginação, mas sempre acabava se confundindo e desistia.

Concentrada, Marli não percebia o enxerimento do filho. Estava relaxada em sua cadeira de balanço, desfrutando dos seus poucos dias de folga. As molas rangiam sempre que ela se inclinava para frente para vigiar Samuel, que brincava com os filhos dos vizinhos, na rua. O som deixava Bernardo dividido, era irritante, mas significava que sua mãe estava em casa e desocupada. Ele pouco a via durante a semana, então abraçava qualquer oportunidade.

— Bernardo você não quer ir brincar lá na rua com as outras crianças? — ela descansou o livro sobre as coxas, passando a mão no cabelo dele.

— Não estou com muita vontade, não, mãe. Vou só ficar aqui pegando um pouco de vento do lado da senhora. Tem problema? — Ele a encarava com um olhar pidão.

— É claro que não. — Ela riu. — Pode ficar aqui o quanto quiser. — Bernardo sorriu e arrastou sua cadeira, sentado, até que estivesse quase encostada na da mãe.

A varanda da casa era espaçosa, os pais de Marli a haviam construído quando se mudaram para o interior — há quarenta anos — e ela, filha única, herdara a propriedade após a morte de ambos. Marli e Guilherme acreditavam que seria o local perfeito para começar uma família, sem o perigo e o agito da cidade grande. As crianças cresceriam livres e vivenciariam todos os prazeres de uma infância pura, em uma vizinhança tranquila e com gente de bem, como as coisas deveriam ser.

Guilherme podava algumas mudas do canteiro de rosas, no jardim. O fiel rádio de pilha — no volume máximo — emanava uma bossa nova lamuriosa, em um contraste direto com a harmonia despretensiosa do ambiente, mas que de alguma maneira, fazia perfeito sentido para Bernardo.

— Bernardo, vai lá dentro buscar uma água pra mim, vai — disse Guilherme, vindo do jardim, suado. Ele se dedicava aos canteiros de flores como se fossem parte da família. Sua roseira era a filha que nunca teve, como gostava de dizer. O dia não estava ensolarado, mas o bafo quente do mormaço acalorava a cidade do mesmo jeito e pegava os mais incautos desprevenidos. Guilherme sentou-se na cadeira onde Bernardo estava e acendeu um de seus cigarros artesanais ao lado da esposa.

— Que calor, hein? Não sei como essa molecada consegue correr de um lado para o outro desse jeito sem cansar.

Marli considerou não responder. Seu tempo livre era curto demais para manter conversa fiada sobre o clima com o marido. Ele exalava um odor acre, uma mistura de suor e fertilizante que lhe fazia arder os olhos, sem falar do cheiro daquele cigarro que conseguia feder mais do que os normais. Ela definitivamente poderia aproveitar aquele período melhor, mas, receosa em contrariá-lo, mudou de ideia.

— É, verdade, querido. Mas as suas rosas estão ótimas, não é?
— Ela abaixara o livro e guardara os óculos no bolso do vestido.

— Você reparou? Tenho usado um adubo novo, acho que já está fazendo efeito. Depois vou plantar umas mudas para cercar todo o muro. Nosso jardim vai ser o mais bonito da cidade.

— Marli sentia que Guilherme falava mais consigo mesmo do que com ela e só sorriu de volta. Ela não ligava para as roseiras ou para o jardim. Naquele instante, só desejava que o perfume das rosas pudesse ser transferido para o corpo de Guilherme.

Felizmente, Bernardo retornou com um copo d'água cheio de gelo para o pai. Uma expressão desapontada dominou seu rosto quando o viu, fétido, em sua cadeira. Bernardo entregou o copo e entrou em casa novamente. Guilherme não teve tempo de dizer nada antes que o filho desaparecesse.

— Esse aí vive quieto pelos cantos ultimamente, né? Nem parece um moleque normal. — Guilherme apontava com o polegar para trás, indicando a porta da casa.

— Não implique com o Bernardo, Guilherme. Ele anda mais quieto, mais curioso, pode ser só uma fase, mas também pode ser até melhor para ele, no futuro.

— Curioso, é? Não me parece certo um moleque que fica no quarto o dia todo ou passa a manhã vendo televisão quando poderia estar brincando aí na rua. Nós mudamos para cá por causa disso, não foi? Ele vive como se estivéssemos em um apartamento.

— Você não pode querer que o Bernardo seja exatamente como você planejou. Aprenda a respeitar quem ele é. Ele poderia ser pior, você não acha?

Guilherme levantou-se da cadeira e olhou para Samuel.

— É, acho que você tem razão. Poderia ser pior, mesmo.

Samuel corria pela calçada, brincando de pega-pega com as outras crianças do bairro. Apesar dos dez anos, o menino ainda chorava se passasse uma tarde dentro da casa e fazia escarcéu quando anoitecia e Marli o chamava para tomar banho e jantar.

Guilherme o vigiava com os antebraços recostados sobre o parapeito da varanda. O menino corria e gargalhava enquanto fugia de outro garoto, Renato. O fedelho percorria a calçada com os braços projetados para frente, esforçando-se para tocar em Samuel, que se esquivava das investidas. Quando encurralado, Samuel escalou o muro de sua própria casa, fazendo careta para Renato enquanto se afastava, equilibrando-se no pequeno espaço de concreto, onde mal cabiam seus pés.

Guilherme atentou-se para o risco. O muro não era muito alto, tinha por volta de um metro e meio, mas seu instinto paterno manifestou-se.

— Samuel, desce daí antes que você se machuque, anda! — ordenou em um brado ríspido.

O garoto olhou para o pai e sorriu despreocupado, continuou andando cuidadosamente, com os braços esticados para os lados, buscando equilíbrio maior e posicionando um pé à frente do outro em passos lentos.

— Samuel, eu não vou avisar mais uma vez. Desce agora! — Guilherme agora estava de pé, com as mãos sobre o parapeito.

O menino revirou os olhos.

— Pai, eu sei o que eu tô fazendo, fica tranquilo! — ele berrou de volta. Samuel equilibrava-se sobre só um pé, girava em torno do próprio eixo, fazia pequenas dancinhas e pulava, desafiando as ordens e a preocupação do pai.

Marli, apreensiva, observava a exibição calada, mas os dedos apertavam-se com força contra as palmas das mãos. As unhas afundavam a carne. Na rua, algumas das crianças riam de Samuel, enquanto outras olhavam para Guilherme com medo e não se atreviam.

— Samuel, a gente não tá mais brincando, cara, pode descer — sussurrou Renato, com as mãos em volta da boca.

— Samuel, desce agora, seu moleque! — O grito de Guilherme cortou os últimos resquícios de paz naquela tarde. As crianças que ainda brincavam paralisaram-se para entender a origem do berro. As mães que papeavam enquanto vigiavam seus filhos calaram-se. Marli suspirou de aflição, pensou em intervir, mas acovardou-se. Samuel permanecia incólume, no entanto, abastecido pela fúria do pai, o garoto aprontava ainda mais estripulias sobre o muro.

A feição de Guilherme se transformou. A boca se encolhera, os olhos arregalaram-se ligeiramente e as sobrancelhas arquearam-se em direção ao nariz. Ele apagou o cigarro na madeira onde se apoiava e marchou em direção ao muro.

À medida que Guilherme se aproximava, Samuel podia ver o olhar vidrado do pai a cada passo pesado sobre o gramado, e então o temor lhe assolou. Enquanto fazia outra dança para provocar, Samuel pisou em falso, seu pé passou direto pela lateral do muro, tirando-lhe completamente o apoio. Sem tempo para reagir, o garoto tombou, girou em uma cambalhota completa no ar antes de aterrissar sobre o canteiro de rosas de Guilherme.

Samuel atravessou o arbusto como uma rocha no oceano, afundando até colidir contra a grama abaixo. Ele sentia os caules estalarem sob suas costas enquanto seu peso os partia e os espinhos lhe perfuravam a pele. O sangue fluía por pequenos furos em seus braços, pernas e também sob a camisa. A fragrância exalava de todas as direções, inundando suas narinas. Seu rosto estava coberto de folhas e pétalas. Ele levantou os braços sujos de terra — gemendo baixo ao se movimentar, tudo doía — e removeu tudo que lhe cobria o rosto.

Assim que sua visão estava desobstruída, Samuel viu seu pai parado diretamente sobre ele, sua cabeça bloqueando o sol. Guilherme o encarava apaticamente, mas Samuel estava certo de que seu sofrimento ainda nem havia começado. O garoto fechou os olhos enquanto se preparava para o pior.

Guilherme o puxou pelo braço com tanta força que Samuel pensou que o deslocaria do ombro. Com o impulso, ele se pôs de pé ao lado do pai, batendo de leve nos braços para tirar o excesso de terra sem lhe causar ainda mais dor. Ele olhou para o pai aguardando a bronca e a punição física, mas Guilherme fitava o arbusto, estático.

Antes vistoso, o canteiro agora era um completo caos. Caules e galhos partidos ao meio, folhas penduradas e pétalas espalhadas por todo o solo. Um enorme rombo delimitava exatamente o formato do corpo de Samuel, enquanto as poucas áreas menos atingidas mostravam onde os braços do guri haviam transpassado. Era um massacre. Guilherme encarava seu canteiro moribundo como um pai assistindo o filho no leito de morte.

Ele se agachou e passou as mãos por entre as folhas, procurando resgatar alguma flor intacta ou algo que pudesse ser salvo, mas tudo estava perdido. O que restava em pé estava rasgado, quebrado ou esmagado. Não poderiam ser recuperados. Toda sua dedicação estraçalhada em segundos. As flores sobre o solo já anunciavam o próprio funeral.

Guilherme levantou-se e encarou Samuel de cima para baixo, o menino o fitou de volta e sentia como se o pai houvesse se agigantado.

— Nós vamos ter uma conversa agora, Samuel — ele avisou, seco, e puxou o garoto pelo braço, levando-o para dentro de casa. Samuel obedecia quieto, puxando alguns espinhos fincados sob sua pele com a mão livre.

Ao passar pela varanda, Marli estava parada ao lado da porta, de pé.

— O que você vai fazer com ele, Guilherme? — ela indagou com uma curiosidade agoniada.

— Não se preocupe, querida. Só vou fazer uma coisa que eu já deveria ter feito antes. Vou ensinar esse moleque aqui a respeitar os outros. Principalmente os pais. — disse com um sorriso cínico, e sumiu para dentro, batendo a porta.

Marli olhou para a rua e todos os olhares estavam direcionados a ela. Crianças, pais e mães miravam descaradamente. Calados, eles ainda tentavam digerir a situação tanto quanto ela mesma. Zumbis no meio da sua rua.

— Vão procurar o que fazer, povo enxerido! — ela gritou. Então a vida retornou à vizinhança. As crianças voltaram a se dispersar e os adultos agora conversavam entre si mais uma vez, provavelmente sobre o que acabaram de presenciar. Marli acomodou-se novamente em sua cadeira de balanço e voltou a ler.

Na cozinha, Guilherme berrava e esbofeteava o rosto de Samuel com as costas da mão.

— Seu moleque! Por que não me obedece? Viu que merda que você fez? Seu bosta! — ele vociferava, tropeçava nas palavras de raiva.

Samuel tentava bloquear as investidas do pai, mas os tapas que lhe atingiam nos braços doíam até mais, graças aos espinhos.

— Pai, me desculpa, eu devia ter te escutado. Eu prometo que não te desobedeço nunca mais! — ele suplicava, soluçando, as lágrimas escorriam abundantemente.

— Você não respeita nada, Samuel! Engole esse choro que eu sei que você não está arrependido coisa nenhuma! Você viu a merda que você fez com as minhas flores? Eu me preocupo com você, com a sua segurança e você ainda fica se fazendo de palhaço pra me desmoralizar na frente de todos os seus amiguinhos? Quer que eu chame eles aqui pra eles verem quem é o maioral agora? — Samuel parou de tentar se defender. Rendido, ele se entregou aos avanços do pai, buscando pensar em outra coisa até que tudo aquilo acabasse. Ele aceitava o castigo, a surra e a dor. Só queria que terminasse logo.

Guilherme andava em círculos pela cozinha sem tirar os olhos do filho cabisbaixo, que se esforçava para conter o choro e não zangá-lo mais ainda.

— Eu simplesmente não sei o que eu faço com você, Samuel. Eu não sei. O que você acha que eu devo fazer com você? — ele questionava mais amenamente, embora a firmeza na voz permanecesse intacta. Samuel não respondeu. — Anda, Samuel! Fala o que você acha disso tudo!

— Eu não sei, pai. Desculpa — Samuel respondeu indefeso, as palavras intercalavam-se com os soluços que voltaram a se intensificar.

— É claro que você não sabe, Samuel. Você não sabe de nada! Mesmo quando a gente tenta te ajudar, você nos desafia, age como se fosse o rei do mundo. Agora tá aí, todo machucado e ainda destruiu as minhas flores. Você é um inconsequente, Samuel! — Guilherme parou de gritar e se agachou até ficar à altura do filho. Suavizou a voz, outra vez. — Quando você vai crescer, meu filho? Você já não é nenhuma criancinha! Seu irmão é mais novo que você e não faz as mesmas criancices que você faz! Você não pensa nisso?

— Eu não fiz de propósito, pai. Eu não queria ter caído nas suas rosas. Me desculpa! Eu não vou mais te desobedecer, eu juro! — Samuel implorava de joelhos, a terra nas suas pernas espalhava-se ainda mais pelo assoalho. — Eu vou tentar ser mais responsável, eu juro por Deus, pai.

Guilherme não gostava de se colocar naquela situação, mas sentia como se agressividade fosse a única maneira de corrigir a falta de juízo de Samuel. Ele o olhou fundo nos olhos e suspirou.

— Tudo bem, meu filho. Eu acredito em você. Estou te dando mais esse voto de confiança, ouviu bem? Se você quebrar essa promessa, é melhor que você fuja da cidade antes de eu te pegar. — Ele usou um tom cômico, mas o rosto permanecia sério. — Agora vai se lavar que você tá todo imundo. Some daqui antes que eu mude de ideia. Depois pede pra sua mãe passar um remédio aí nessas feridas.

Samuel ergueu-se e saiu em disparada às escadas sem olhar para trás. Guilherme sentou-se na cadeira enquanto ouvia os passos desesperados do filho no andar de cima.

— Acho que essa lição vai ficar bem fixada na memória dele — dizia Marli entrando na cozinha.

— Você ouviu tudo? — ele retrucou, surpreso.

— Querido, eu teria ouvido mesmo que não quisesse. Não sei como os vidros das janelas não quebraram com os seus gritos. — Ela sentou-se ao lado dele. — Você foi bem duro, mas acho que ele entendeu a lição.

— Eu espero. Não queria ter amolecido no final, mas achei que já havia feito o bastante. Só torço para que ele não esteja me enrolando. O Samuel me preocupa. Quando ele vai crescer?

— Marli aproximou sua cadeira da de Guilherme. O mau cheiro ainda a incomodava, mas ela tentou relevar.

— Bom, ele ainda tem só dez anos. Se você já está assim agora, espera até ele chegar à adolescência. — Ela soltou uma risada abafada.

— Isso é para fazer com que eu me sinta melhor? O que você quer que eu faça, afinal? — Guilherme a encarou confuso.

— Eu estou apenas brincando, Guilherme. O que você fez hoje com o Samuel foi exagerado, tenho certeza de que se ele não te respeitava por admiração antes, pelo menos ele vai fazer isso por medo, agora. Ele nunca mais vai questionar a sua autoridade, eu garanto. Se você mandar, aquele garoto replanta todo o seu canteiro sozinho. — Ela tentou passar a mão nos cabelos dele, mas eles estavam ensebados demais. Guardou-a dentro do bolso do vestido novamente.

— Eu não precisaria ter causado medo nele se ele não fosse tão desobediente, não é? Eu o avisei três vezes antes de perder a compostura. Nesses momentos eu gostaria que ele fosse mais como o Bernardo. — Guilherme descansou a mão encardida na coxa de Marli, alisando-a de cima a baixo, chegando a centímetros da borda do vestido.

— Isso é uma surpresa, você que antes reclamava do Bernardo não sair para a rua e estar sempre isolado. O que você quer, afinal? — Ela segurou a mão de Guilherme e a tirou de sua coxa. Ficaram com as mãos suspensas no ar, os dedos entrelaçados.

— O Bernardo pode ser mais reservado, mas ele me respeita. É um bom menino. O futuro dele não me preocupa como o do Samuel, esse que é o problema. Se o Samuel não for corrigido, vai se tornar um adulto irresponsável. Só queria que ele me ouvisse ou se espelhasse mais no irmão. — Guilherme apertou com força a mão de Marli.

— Você tem razão, mas a vida é dele. Por mais que você fale, o Samuel vai aprender por conta própria. Nós não temos esse controle, infelizmente. Vamos nos preocupar pra sempre, esse é o nosso papel. — Ela se levantou, largando a mão dele e se encaminhando até a pia para se lavar. — Só podemos esperar pelo melhor.

A algumas quadras dali, no estacionamento de uma fábrica fechada para o fim de semana, Bernardo sorria enquanto quebrava as pernas de um gato com um tijolo para que ele não fugisse. Os miados de dor e desespero eram incessantes, até serem abafados no fundo da mochila.

14. MARÇO. 2006

Atordoado por uma overdose sensorial repentina, Bernardo recobrava a consciência gradativamente. Os olhos se abriam em um despertar moroso. Semicerrados, apenas dois talhos escuros marcando a face pálida e molhada. Ele sentia frio, um vento anormal o atingia por todas as direções, chocando-se sem piedade contra sua pele. Ele ouvia vozes desconhecidas e um choro distante. Um cheiro de cidade suja. Sarjetas, lixo e canteiros mal cuidados. Ronco de motores e pneus trafegando sobre o asfalto. Os pingos grossos de chuva estalando contra o piso de mosaico e também contra o seu rosto. Tão pesados que explodiam com o impacto. Dor. Então percebeu que sua cabeça ainda doía. Pulsava. Tentou alisar o ponto original da aflição, mas os esforços foram em vão. Os braços estavam amarrados, presos sobre essa superfície acolchoada que não era a sua cama. Ele sentia um movimento. Rodinhas mal lubrificadas rangiam e deslizavam sobre as imperfeições do solo, sacudindo-o levemente de um lado para o outro.

Os olhos se abriram um pouco mais, agradecidos por estarem sob um céu escuro em uma rua pouco iluminada. Bernardo pôde ver o céu. As nuvens carregadas e as luzes da cidade pintavam o infinito em nuances frígidas de marrom escuro, anunciando que o pior da tempestade ainda estava por vir. Em instinto de sobrevivência, tentou erguer-se, mas suas pernas também estavam imobilizadas; ele levantou o tronco em um esforço hercúleo, soltando um gemido gutural alto.

A maca parou, de repente. Os paramédicos entreolharam-se e se aproximaram de Bernardo, um de cada lado. Ele virou a cabeça para os dois lados, encarando os rostos atônitos de ambos.

— Será que vocês podem me soltar daqui? — ele ordenou sem levantar a voz. — O que está acontecendo?

O paramédico da esquerda tentou dizer alguma coisa, mas Patrícia o interrompeu. Ela vinha correndo sob a chuva, os cabelos colados no rosto. Empurrou o paramédico e abraçou o tronco de Bernardo.

— Bebê, você está vivo?! Eu pensei que você tinha tido um ataque cardíaco ou coisa parecida! Você estava desmaiado no banheiro, eu me desesperei e chamei uma ambulância! Me diz, está tudo bem? Dói alguma coisa? — ela falava sem parar para respirar. — Eu me viro um segundo para trancar a porta e aí você acorda do nada?!

— Está tudo bem comigo, Patrícia. Só dói a minha cabeça, acho que bati com ela no chão quando apaguei. Será que você pode pedir para esses caras me soltarem? — Ele se debatia sob as amarras.

— Senhor, é melhor que você vá até o hospital para fazer um exame, mesmo assim. Só para termos certeza de que está tudo em ordem com o senhor, e também para descobrirmos a origem do seu mal súbito — dizia o jovem do lado oposto ao de Patrícia.

— É verdade, Bernardo. Não custa nada. — Patrícia insistia.

— Olha, meu filho. Nós não temos plano de saúde, então eu prefiro dispensar a cortesia, tudo bem? Vocês podem só me desamarrar aqui mesmo e aí nós quatro fingimos que isso nunca aconteceu? — Bernardo ofegava, as amarras passavam por cima de sua barriga e o impediam de respirar direito.

Os paramédicos se entreolharam. O mais velho, ao lado de Patrícia, deu de ombros e se pronunciou.

— Ah, tanto faz. Vamos, Pedro, esse cara diz que tá bem e nós não podemos obrigá-lo a ir ao hospital. Nós temos outras chamadas para atender, de qualquer forma. — Pedro parecia contrariado, mas meneou a cabeça e começou a desamarrar Bernardo. O outro paramédico fez o mesmo.
— Bernardo, você tem certeza que quer mesmo fazer isso? Você sabe que nós temos sim o plano de saúde, não precisa inventar histórias, seu mentiroso. Nós só estamos preocupados com você. — Ela abafava a mão dele com as suas.

Livre, sentou-se sobre a maca com as pernas penduradas. Respirou profundamente e alisou a pele avermelhada nos seus braços, irritada pela fricção.

— Está tudo bem, Patrícia, de verdade. A única coisa que eu realmente preciso agora é de uma toalha. E também de um saco de gelo. — Passava o dedo indicador gentilmente sobre o galo em seu cocuruto. — Rapazes, vocês foram muito solícitos. Muito obrigado, mas vocês devem mesmo ir atrás de outros chamadas mais urgentes. — Ele saltou para o asfalto. O pavimento estava gelado e úmido. Só então Bernardo se deu conta de que estava descalço.

Ele pôs um braço em volta de Patrícia e acenou enquanto os dois paramédicos subiam aos fundos da ambulância com a maca. A luz vermelha então se acendeu e iluminou toda a vizinhança, refletindo nas janelas das casas mais próximas. A sirene soou e a enorme mancha branca no meio da noite se esvaiu ao virar a esquina. O som morria a cada segundo. Bernardo olhava para os pés, tentando entender a ausência de seus sapatos. Como uma telepata, Patrícia respondeu.

— Você estava nu no banheiro, só tive tempo de te colocar calças e uma camisa. E agradeça, poderia ter sido bem mais constrangedor. A propósito, você também não está usando cueca. — Ela pausou antes de soltar essa última informação, então o fez seguido de um riso maroto.

Bernardo tateou sua virilha e sorriu de volta sem graça.

— Obrigado pela preocupação. — Ele a beijou na bochecha e se direcionou de volta para a porta de casa. Ela passou à sua frente, balançando as chaves com o pulso.

Bernardo fechou a porta devagar, comprimindo a entrada do vento pela fresta e causando um uivo lúgubre pelo curto espaço de tempo até fechá-la completamente. Patrícia descia as escadas com uma toalha na mão e outra em volta do pescoço. Ela entregou uma para Bernardo e começou a enxugar o próprio rosto com a outra.

— Se enxuga direitinho. Depois você vai colocar umas roupas secas e eu vou fazer um café quente, não quero ter que chamar a ambulância de novo por causa de pneumonia. — ela avisava em tom maternal, esfregando a toalha felpuda contra os cachos ensopados. Bernardo obedeceu em silêncio e subiu as escadas.

Ele ainda tentava relembrar exatamente o que havia acontecido dentro do banheiro, mas as imagens lhe vinham turvas e desconexas, era como se tentasse assistir televisão com constante interferência. Lembrava-se apenas de seu total desespero e pânico, e do quanto aquilo fora real.

Antes de entrar no banheiro, ele viu a mancha de sangue com o formato da mão de Patrícia na porta e fez um esforço para lembrar se ele a havia machucado em seu estado de frenesi. Esperava que não.

Entrou no banheiro em busca do rolo de papel higiênico para limpar o sangue e se deparou com os resquícios do seu pandemônio. O tapete revirado, escovas de dente, sabonete e embalagens de xampu e condicionador espalhadas pelo piso ainda úmido. Ele andava com cuidado para não escorregar enquanto reorganizava os utensílios como peças de um quebra-cabeça do qual ele não tinha a caixa.

O rolo de papel higiênico se espalhava pelo ladrilho ao lado do vaso sanitário, grudado contra os azulejos. Ele rasgou o longo pedaço inútil e o atirou na lata de lixo, que parecia ser o único objeto intacto do cômodo. Umedeceu algumas folhas que ainda estavam secas e esfregou o sangue da porta antes que encrostasse.

O cheiro de café fresco tomava a casa toda. Enxuto e de pijamas, Bernardo descia as escadas apressado. Um café e um cigarro realmente cairiam bem agora. Patrícia já o aguardava sentada à mesa da cozinha, fazendo companhia a duas canecas fumegantes. Ele observou que o piso não estava mais sujo de uísque e não havia mais vestígios do cigarro esmagado. Sentiu-se envergonhado pelo que havia causado, mas reconfortava-se em ter ao menos limpado o banheiro. Bernardo puxou um cigarro do bolso da camisa do pijama e sentou-se.

— O cheiro está ótimo, hein? — ele disse com o cigarro apagado pendurado no canto da boca. — Droga, esqueci meu isqueiro.

— Ah, Bernardo, que ótimo. Já falei que não quero você fumando dentro de casa de qualquer jeito. Não custa fazer isso lá fora. Ou então você podia parar, eis outra ideia. — Ela o repreendia com uma expressão cansada no rosto. Estava farta de ter que sempre pedir a mesma coisa.

Bernardo exalou o ar pelo nariz em frustração. Ele segurou a asa morna da caneca e se levantou.

— Muito bem, vou fumar lá fora, então. — avisou em tom jocoso. Ele não conseguiu dar um passo após dar as costas para Patrícia antes que ela gritasse.

— Bernardo, senta aqui agora! Larga essa porra e vem conversar comigo! — ela esbravejava, descontando toda sua frustração e preocupação de uma vez só no grito. Aproveitando o descaso do marido para não parecer exagerada.

Bernardo parou onde estava e suspirou. Sabia que não teria sossego enquanto não terminasse aquilo. O dia fora estressante, só queria fumar um cigarro, tomar um café e relaxar. Não bastava a demissão, ainda precisava aguentar drama dentro de casa. Contrariado, sentou-se à mesa novamente.

— Sobre o que você quer conversar, Patrícia? O que você quer saber? — Ele largou a caneca sobre a mesa e entrelaçou as mãos ao lado da garrafa de café, olhando-a nos olhos. Ela parecia ofendida pela pergunta.

— Como assim o que eu quero saber? Você é demitido, chega em casa bêbado feito um gambá, faz a maior sujeira, depois surta no banheiro, desmaia e só acorda quando já tá na maca da ambulância e ainda vem me perguntar o que eu quero saber? Você tem sorte de eu não ter deixado eles te levarem para o hospital! Sei lá, que tal você me dizer o que você tava pensando para chegar a esse ponto? Acho que é um bom começo. — Bernardo detestava quando Patrícia agia desse jeito. Ela tentava lhe dar uma lição usando ironia e ele odiava aquele tom de voz. Ele apertava as mãos com força para não demonstrar seu desconforto. Respirou fundo mais uma vez.

— Só estou estressado, Patrícia. Só isso. Perdi a porra do meu emprego de vinte anos por causa de um corte de gastos idiota e agora não sei o que eu vou fazer com a minha vida. Só isso. Eu queria encher a cara, tomar um banho e depois dormir. — ele falava tentando manter a calma.

— Isso não explica o seu desmaio lá no banheiro, Bernardo. Que merda, será que dá para você ser sincero comigo? — Ela o cutucava de propósito, sabia quando ele escondia algo. Ele tinha raiva da astúcia dela. Não conseguia competir.

Bernardo sorveu devagar o café fervente. Estava amargo, como ele precisava. O calor lhe ajudava a pensar melhor naquela noite fria e chuvosa. Rendido, ele sabia que não poderia se esquivar da esposa por mais tempo. Ele deu outro longo gole e começou a falar.

— Sei lá, Patrícia, acho que entrei em pânico. Comecei a pensar na minha vida até agora e me desesperei. — Ele observou o semblante dela mudar de aborrecido para surpreso e depois preocupado em questão de segundos.

— Desespero? Pânico? Como assim, Bernardo?

As perguntas foram como chaves para destrancar o surto de Bernardo no banheiro, aos poucos ele não só se recordava do desespero e do que acontecera no banheiro, mas também sentia tudo novamente. Ainda assim, ele não tinha coragem de admitir o que já estava escancarado. Ela tinha de lhe obrigar a dizer com todas as letras. Por que ela tinha que o forçar a se humilhar, assim? Ele se sentia acuado, queria correr e se esconder em um buraco. Começou a circular o dedo indicador pela borda da caneca, falando sem encarar o rosto dela, concentrado no redemoinho negro e borbulhante dentro da sua caneca. Bernardo apoiou-se na mesa com o antebraço, sentia que poderia desabar a qualquer segundo.

— Como assim o quê, Patrícia? Você não vê que eu sou um fracassado? Você poderia até ter motivos para não pensar isso de mim antes, mas agora você percebe quem é o homem com quem você se casou? Eu não sou nada. Minha vida nem sequer tinha propósito até eu te conhecer!

"Eu tinha um emprego ridículo que eu mantive por vinte anos da minha vida patética e até isso eu acabei perdendo. Sinceramente, eu nem sei como você pode querer continuar comigo! — As lágrimas agora caíam sem cerimônia, Bernardo já não se importava. Sentia-se mais nu do que quando Patrícia o resgatou desfalecido.

Patrícia nem sequer havia encostado em seu café. Olhava para ele incrédula. Ela se levantou e abraçou-lhe a cabeça calva contra sua barriga. Ele chorava copiosamente contra sua blusa, encharcando o tecido.

— Você é o meu companheiro, Bernardo. Você sempre esteve ao meu lado quando eu precisei. Sua companhia é tudo que eu mais prezo. Você nunca foi um fracassado, eu não vou cansar de dizer. — Ela afagava a penugem castanha remanescente na cabeça dele. Bernardo abraçava a cintura de Patrícia, as mãos se encostavam logo acima da curva das nádegas dela.

— Como você pode dizer isso? Tudo que nós conquistamos foi graças à você. Eu sou praticamente um espectador na nossa vida. Vi você crescer profissionalmente, se tornar uma pessoa respeitada no seu meio. Nossas viagens, nossa casa, nosso carro, tudo é seu. Eu só estou aqui acompanhando a sua evolução enquanto eu continuo na mesma. E sabe, não tinha problema antes. Por mais que me sinta pequeno perto do que você conquistou, eu tinha o meu orgulho, entende? Podia dizer que era chefe do almoxarifado, e aquilo já era algo para mim. Eu contribuía muito menos para as despesas de casa, mas era o bastante para me convencer de que eu não era um inútil.

"Eu aprendi a aceitar os homens ao meu redor que ganhavam mais que as esposas. Aceitava ser diferente porque tinha onde me agarrar, ainda que fosse um emprego ridículo. Agora eu não tenho mais nem isso. De uma hora pra outra o meu único resquício de dignidade me foi arrancado e eu me tornei um completo dependente de você. É por isso que eu entrei em pânico! Você já controla tudo nessa casa, agora vai controlar minha vida, também.

"Nenhuma outra empresa vai querer me contratar. Sou velho, inexperiente e desqualificado. Eu estou entregando toda a minha vida a você, agora. Me sinto o pior lixo do planeta e te daria total razão se você não quisesse passar nem mais um segundo da sua vida ao meu lado. — A fala saía com dificuldade. Ele chorava, fungava e soluçava. Pequenos fios amarelados de catarro escorriam do nariz e manchavam a blusa de Patrícia.

Ela o abraçava mais forte ainda, afundando a cabeça contra seu abdômen flácido.

— Bernardo, eu não vou te largar, seu maluco! Eu te amo! Você vai encontrar algo para fazer. Aproveite essa chance para fazer o que você realmente gosta. Descubra o seu dom. Você ainda não está morto! Aquele trabalho não te completava, mesmo. Eles que se fodam! Agora você é livre! Não se preocupe com dinheiro, você ainda tem um pouco no banco e nunca esqueça que nós somos um time! Eu consigo segurar as pontas por um bom tempo até você se recompor. Eu só quero que você seja feliz! — Ela lhe segurou pelas têmporas e afastou a cabeça dele, falava segurando o rosto dele para cima, forçando-o a olhá-la nos olhos.

Um lado de Bernardo compreendia exatamente o que Patrícia dizia e fazia sentido. Ele tinha uma esposa maravilhosa e nada com o que se preocupar. Mas ainda se sentia humilhado, envergonhado e fracassado. Ele não tinha talentos, nada o felicitava. Vivia a vida porque não tinha escolha. Tinha raiva por ter perdido sua ilusão de controle, mas mesmo quando pôde transformar sua existência em algo significativo, nunca o fez. Nunca procurou aprender algo a mais. Ainda assim, tinha raiva.

Patrícia nunca havia parado para pensar nas aflições e medos de Bernardo. A ideia de que seu sucesso pudesse atingi-lo de maneira tão pessoal a assustava. Ela pensava no quanto suas vidas eram diferentes antes de se conhecerem. Tentava solucionar o enigma temporal que fez Bernardo se transformar em quem ele é hoje, mas sabia tão pouco. Ele sempre foi tão reservado desde o início que ela se acostumou a não perguntar.

Quanto mais ela pensava a respeito, mais clara a conclusão ficava. Não é quem ele é hoje, é quem sempre foi. Bernardo só precisava de um empurrão do destino para que encarasse sua própria realidade. Ela se amedrontava, não sabia como ele reagiria a essa vida de constante exposição à sua insignificância perante ao sucesso dela e sem nada para lhe desviar a atenção de agora em diante.

Ela temia pela saúde dele e tentava ser forte por ambos, mas também tinha vontade de chorar. Pressionava a cabeça dele de volta contra o seu corpo para que Bernardo não olhasse mais para ela. Patrícia fechava os olhos com força e inclinava sua cabeça para trás. Suas emoções estavam proibidas de se manifestar. Ela o abraçava e o acalentava como uma criança. Ele ainda chorava em silêncio.

— Vai ficar tudo bem — ela dizia. — Vai ficar tudo bem.

29 . JANEIRO . 1997

As mesas enfeitadas encontravam companhia nos arranjos florais e nos canapés abandonados sobre as bandejas transparentes. Bolsas e paletós pendurados nas cadeiras proporcionariam uma sensação lúgubre de marasmo, como se todos houvessem fugido às pressas, sem tempo para buscar seus pertences. Cinzeiros fumegantes, no entanto, insinuavam uma presença ainda próxima. Crianças corriam livremente pelos corredores vazios entre as mesas e os idosos tentavam enxergar tudo de longe, cansados demais para ficarem de pé.

Após alguns minutos de silêncio, as notas iniciais da valsa invadiram o salão. Uma clareira formava-se no centro do tablado de madeira. O círculo de convidados estava atento. Ninguém piscava. O burburinho era afogado pelo som amplificado do quarteto de cordas. Padronizados, os homens trajavam ternos pretos e camisas brancas quase como se participassem de uma seita secreta. Os vestidos das mulheres variavam em formato, cor, comprimento e decote. Não obstante, todos partilhavam o momento em igualdade.

As moças suspiravam, sorriam e se emocionavam nos braços de seus companheiros. Os mais velhos admiravam a dança com ar imponente, firmes, respeitando a tradição sagrada. Obviamente, alguns olhares indiscretos de inveja ou desaprovação também poderiam ser notados, mas só reparariam aqueles poucos que não estivessem concentrados em Bernardo e Patrícia.

Os músicos tocavam os instrumentos com mais intensidade conforme a melodia crescia por todo o salão. Bernardo estava nervoso — por mais que houvesse praticado incessantemente nas últimas semanas — ainda não se sentia preparado para aquilo, mas de alguma forma, estava fazendo. Seus sapatos de couro passeavam pelos tacos do piso perfeitamente, como se feitos especialmente para aquela noite, e não comprados em uma loja qualquer do shopping. Sentia-se como um fantoche. Um espectador. Algum das dezenas de rostos perdidos ao seu redor.

Ele abominava esse momento, chegara a dormir mal, inquieto, temendo toda aquela atenção descarregada sobre ele de uma vez. Ele tentava esconder o incômodo durante os ensaios, mas era evidente. Ele pisava nos pés de Patrícia, tropeçava, movia-se para o lado errado. Por mais que ela o mandasse relaxar, ele se imaginava errando tudo que pudesse ao mesmo tempo na noite do casamento. As palmas das mãos suavam só de imaginar o cenário catastrófico na sua mente.

Ele lembrava de Patrícia o alertando em um dos ensaios.

— Fica tranquilo, Bernardo, todo mundo vai prestar atenção só em mim. — Parecia uma falta de respeito, mas ela sabia como aquilo o tranquilizaria.

Contudo, para seu próprio espanto, Bernardo movimentava-se com maestria. Conduzia Patrícia como um verdadeiro lorde, hipnotizado pelo rosto angelical dela. Como amava seus cachos castanhos sob aquele véu. Sua pele alva parecia parte componente do tecido branco do vestido. Ele queria escapar do clichê das inúmeras cenas de casamento que já assistira nos filmes, mas Patrícia, de fato, nunca estivera tão linda.

Ele tentava se concentrar em Patrícia e abstrair todo o resto. Como estava linda. Não imaginava que poderia ficar mais bonita do que o primeiro dia em que a conheceu, naquela fração de segundo em que seus corpos se encostaram como se não fosse existir uma segunda vez. A imagem com a qual por muito tempo ele pensava que seria a única que teria de recordação.

Teimosa como só ela, Patrícia tinha que contrariá-lo. Sua beleza era ofensiva para qualquer outra mulher naquela noite. Casada ou solteira. Bernardo sentia-se dono de um tesouro secreto. Apenas ele sabia onde resgatá-lo. Ele era o Conde de Monte Cristo. Graças a ela, ele se sentia maior que qualquer outro homem durante aquela dança. Mais poderoso e mais viril. Aceitaria lutar com qualquer um que o desafiasse. Ele venceria.

Patrícia sorria, às vezes olhava em volta buscando rostos amigáveis, mas sempre voltava para Bernardo. Ele não desviava o olhar por nada. Aqueles globos escuros a fitavam como se enfeitiçados. Seu coração batia mais forte quando recebida por essa visão. Ela queria beijá-lo, mas não podia interromper a dança.

Naquele momento, o corpo de Bernardo agia automaticamente. Os músculos condicionados não exigiam condução mental para executar os passos. Estavam treinados e preparados há semanas. Davam carta branca para que sua mente viajasse. Ele estava longe, encontrara uma fenda no tempo-espaço dentro da sua cabeça.

Ele se recordava da primeira vez em que Patrícia foi à sua casa. Somente três dias após o beijo no restaurante árabe. Não haviam se visto desde então, mas ele estava ansioso somente para tê-la por perto mais uma vez. Não saberia o que dizer ou como agir, mas queria a presença dela mais do que tudo.

Eles haviam se encontrado na Flash Vídeos a pedido de Patrícia. Ela queria que ele a introduzisse a filmes mais descontraídos. Ela não admitiria tão cedo, mas, com o surgimento de Bernardo, os filmes de superação pareciam ter perdido a finalidade. No entanto, ela queria conhecê-lo antes de parecer mais desmiolada do que já aparentava ser.

— Como assim você nunca viu *De Volta Para o Futuro*? — ele dizia segurando a capa do VHS com as duas mãos, encarando-a.

— Você tem muito o que aprender!

Ela enrolava o dedo em um dos cachos, desconcertada. Bernardo parecia genuinamente indignado, ela não queria contrariá-lo ainda mais, mas não sabia mentir bem.

— Sei lá, eu acho que nunca me interessei por essas coisas de ficção científica? — A resposta saiu em tom de questionamento, ela não tinha certeza do que dizer. Xingava-se internamente por ter tagarelado tanto no dia em que se conheceram.

— Isto aqui é um verdadeiro clássico, você precisa assistir! E prepare-se, pois temos toda uma trilogia pela frente! Mas vamos com calma. — Bernardo estava tão animado em poder apresentar algo de seu interesse para alguém que gostava, que esqueceu Patrícia para trás enquanto caminhava até o caixa. Ela o esperou voltar, ou chamá-la, quando percebeu que ele não voltaria, riu discretamente e seguiu.

Bernardo aguardava o rapaz processar a transação na caixa registradora quando Patrícia o alcançou. Ela parou ao lado dele sem dizer nada. Impulsiva outra vez, ela segurou a mão dele antes que pudesse impedir-se. Bernardo virou a cabeça como se alguém o houvesse chutado e desaparecido. Pensou que lhe estavam confundindo com outra pessoa. Seu semblante alarmado se esvaiu quando viu que era Patrícia. Não disseram nada, mas os dedos se entrelaçaram.

Ele estranhava o silêncio dela ao deixarem a locadora. Sentia como se não fosse a mesma garota de antes. Ele gostava de ouvir sua voz, suas histórias. Ela sempre parecia ter tanto para contar e com uma intensidade singular, completamente nova a ele. Ele parou de andar. Patrícia fez o mesmo.

— Onde você prefere ver o filme? — ele indagou, apontando para duas direções opostas, que indicavam o caminho de sua casa e a dela.

— Você tá brincando, não é? Eu não vou pegar outro metrô agora em horário de pico quando você mora aqui ao lado. Me mostra logo a sua caverna! — ela falava com veemência. Bernardo sorriu, satisfeito em saber que aquela personalidade forte não era impressão sua. Ele a puxou em direção ao seu edifício.

Eles caminhavam pela calçada, desviando dos transeuntes que vinham na direção oposta. Bernardo era um perito em se esquivar dos outros pedestres, mas nunca o havia feito unido à outra pessoa. Subitamente, sua massa dobrara de tamanho e ele não sabia como reagir. Zanzava de um lado para o outro, esbarrando em pessoas ou parando bruscamente para ceder passagem, às vezes empurrando Patrícia para o meio-fio. Ela se divertia com a falta de jeito dele. Seu olhar de frustração era hilário. Ela não entendia como alguém poderia se incomodar com algo tão insignificante.

— As calçadas sempre ficam lotadas a essa hora. Desvantagens de morar no centro, né? — Ele tentava se explicar.

— Tudo bem, Bernardo, não precisa ter pressa, não. Vamos numa boa. — Ela lhe acalmou com uma voz macia. Beijando-lhe a bochecha. Fazia frio e toda a pele de Bernardo se eriçou quando os lábios dela o encostaram. Ele sorriu de volta — acanhado — e passou a caminhar mais lentamente.

Já era escuro quando chegaram ao prédio. Bernardo passou pela portaria sem sequer olhar para a guarita, deixando o porteiro para trás, com o braço estirado, segurando a correspondência. Entraram no elevador e ele apertou o botão do quarto andar.

— Bom, já vou adiantando que não vivo muito bem. Sou bem bagunceiro e tem pelo de gato por todo lado.

— Desde que tenha um lugar para me sentar, ver um filme e ficar numa boa com você, eu estou tranquila, Bernardo. O meu ex-namorado poderia ser organizado, mas ele era um babaca, então de que adianta? — Ela tentou lhe confortar, mas Bernardo não entendeu se aquilo poderia ser interpretado como um elogio.

As portas se abriram e eles adentraram o corredor, Patrícia reparava nas inúmeras portas com números diferentes. Eram pelo menos oito apartamentos por andar. O piso era composto por lajotas empoeiradas e só uma janela ao fim do corredor vislumbrava o mundo externo, embora a vista consistisse inteiramente da lateral do prédio vizinho.

— Seja bem-vinda, então, eu acho. — Bernardo dizia ao girar a chave na fechadura do seu apartamento. Um odor esquisito atingiu Patrícia como um soco. Um cheiro de mofo, abafado, lhe pegara de surpresa. Era como se o apartamento estivesse selado há semanas e fosse aberto pela primeira vez. Crostas de comida assolavam os pratos usados sobre a mesa de centro. Um cinzeiro entupido de pontas de cigarro morava ao lado e parecia nunca ter sido lavado.

Uma mancha amarelada no chão já estava seca e Patrícia não conseguia identificá-la. Uma pequena pilha de copos e pratos ocupava a pia da cozinha. Tom lambia o próprio rabo no tapete, ignorando a chegada de uma pessoa nova pela primeira vez naquele covil.

O apartamento era apertado, ela conseguia enxergar tudo, parada em frente à porta. O sofá, a televisão e a janela — obviamente fechada — ao lado esquerdo. O balcão e cozinha ao lado direito. A porta do quarto e a do banheiro ao fundo. Não aparentava ser um espaço ruim para se viver sozinho, na verdade. Embora Bernardo parecesse piorar o ambiente de propósito.

— Bom, eu disse que era desorganizado, né? Então, por mais clichê que isso seja, não repara na bagunça. Pode sentar aí enquanto eu ponho o filme. — Bernardo apontava para o sofá. Patrícia removeu umas revistas velhas e estapeou o estofado para remover alguns pelos de gato e poder sentar.

Bernardo se agachava em frente à televisão para inserir a fita no videocassete. Algumas capas de outros filmes estavam jogadas em volta, pela estante. Umas entreabertas, outras fechadas e algumas até mesmo lacradas. Ela procurava qualquer distração que desviasse sua atenção do cheiro pútrido daquela atmosfera enclausurada, mas Bernardo enfrentava algum problema com o aparelho, estava demorando demais para começar o filme e os subterfúgios de Patrícia esgotavam-se. Em um surto de autossobrevivência, cedeu.

— Será que tem como abrir essa janela, Bernardo? Acho que preciso de um pouco de ar, sabe? — Ela fez de tudo para não parecer um grito de socorro. Bernardo ainda tentava consertar o videocassete e não se virou para responder.

— É claro, você pode abrir. Eu costumo deixar fechada por causa do Tom, o meu gato, mas não tem problema, não. — Ele manuseava os botões ainda agachado sob a televisão. Patrícia não o esperou terminar de falar para abrir o vidro empoeirado e respirar fundo o ar poluído da cidade, menos nocivo que o do apartamento.

Ela esticava a metade do tronco para fora do prédio quando Bernardo anunciou em voz alta.

— Consegui resolver o problema! Tinha outra fita engatada dentro do aparelho, mas já consegui tirar! Prepare-se para o espetáculo! — Ela estava aliviada pelos poucos minutos em que passou com a cabeça para fora, eles haviam lhe dado forças para aguentar a duração de todo o filme. Patrícia rezava para que De Volta Para o Futuro fosse mesmo tão bom quanto Bernardo dizia, para que pudesse se abstrair completamente daquele mundo.

Ela se sentou no sofá, Bernardo apagou as luzes e sentou-se ao seu lado. Ele apertou o *play* no controle remoto e o filme começou.

Durante sua primeira dança como um homem casado, Bernardo recordava-se do quanto aquele dia foi simples e divertido. Aprendera que qualquer atividade banal poderia ter valor se Patrícia estivesse ao seu lado. Lembrava-se de rir junto dela ao assistir um filme que já havia visto várias vezes antes e do quanto era adorável quando ela se surpreendia com alguma das cenas. Então, sentado em seu sofá surrado, assistindo a um filme repetido, teve a certeza de que precisaria casar com aquela garota ou se arrependeria para sempre. Quando Patrícia o acompanhava, ele não se sentia perdendo tempo. Dançava aliviado por tê-la como par.

Patrícia assistira ao filme inteiro com a cabeça recostada sobre o ombro de Bernardo, esperando alguma demonstração de afeto que não veio, mas ela não sabia dizer se ele era inseguro demais para assumir o risco ou se estava compenetrado demais na televisão. Ela se divertia de qualquer jeito, tudo parecia tão novo ao lado dele, e de um jeito que ela não conhecia. Embora a falta de higiene fosse algo que ela poderia ter vivido sem conhecer.

— E aí, curtiu? — Bernardo perguntara empolgado enquanto os créditos rolavam na tela.

— Adorei, de verdade! Precisamos marcar outro dia para ver o segundo, fiquei curiosa! — Ela exagerava sutilmente. Gostara do filme, mas não tanto quanto ele.

— Ah, com certeza. Você vai gostar ainda mais do próximo! Você vai conhecer o futuro, o longínquo ano de 2015! — Bernardo parecia uma criança animada com um brinquedo novo. Patrícia o assistia, enamorada com seu amor inocente por uma aventura tão simples.

Ela sorriu em concordância e não falou mais nada. Um silêncio instalou-se sobre o apartamento. Só o som da cidade afora poderia ser ouvido ao longe. Bernardo olhava para o chão, onde Tom dormia.

— O que você quer fazer agora? — Patrícia perguntou ainda escorada nele, de propósito, só para ver como ele reagiria. Contendo-se para não transparecer a malandragem.

O despreparo de Bernardo se apresentou exatamente como Patrícia previra. Ela sentiu um pouco de pena ao vê-lo balbuciar e gaguejar até conseguir formular uma resposta descompromissada.

— Eu não sei, o que você quer fazer? — Ele ria em constrangimento.

— Por que você não me mostra o seu quarto, Bernardo? — A oferta soou como se um amigo de escola o convidasse para matar aula. Ele queria, mas não sabia como prosseguir. Nem lembrava-se da última vez em que esteve sozinho com uma garota.

Bernardo estava sentado, sem reação, considerando inúmeros cenários diferentes em que poderia estragar tudo. Patrícia, farta de aguardar, levantou-se, puxando-o pela mão e o levando para o quarto antes que ela própria mudasse de ideia.

— Vamos logo, eu não posso ser a única pensando nisso!

— Ela convidou. Eles chegaram ao quarto em uma tentativa conturbada de andar e beijar ao mesmo tempo. Em um tropeço mútuo, tombaram sobre a cama. Patrícia lhe beijava o pescoço, rosto e boca enquanto Bernardo simplesmente tentava acompanhar o ritmo dela.

Por mais que a desejasse, Bernardo não conseguia se livrar dos pensamentos negativos. Não conseguiria satisfazê-la, nem sequer conseguia acompanhá-la nas preliminares, não teria a menor chance de fazê-la alcançar um orgasmo.

Ela já teve muito mais parceiros sexuais do que eu. Ela é muito mais experiente, tenho certeza de que ela consegue qualquer cara que quiser. Por que diabos ela está me agarrando? Eu não faço sexo há anos, não tenho a menor ideia do que fazer. Ele era metralhado por dúvidas enquanto deitava estático sob Patrícia. Ela o beijava sem parar.

Patrícia tentava abstrair o odor abafado do quarto de Bernardo. O ar circulava ainda menos lá dentro. Ela sentia como se estivesse deitada sobre um manequim. Ele mal retribuía suas carícias e nenhum volume crescia sob suas calças. Aquilo era uma novidade para ela, embora soubesse que aquele dia chegaria.

A mente de Bernardo era um caos. Ele notara que Patrícia parara de lhe beijar e agora o observava com um olhar confuso. Ela diria alguma coisa a qualquer momento e ele não sabia se estava preparado para escutar. Havia estragado tudo, como previsto.

— Desculpa, eu não consigo fazer isso! — ele berrou. — Eu passei os últimos dias tentando entender como alguém como você pode gostar de alguém como eu. Não cheguei a nenhuma conclusão, mas decidi seguir a maré, pois acho que estava funcionando, mas agora estou no meu limite. Eu não vou conseguir fazer isso, você vai ficar frustrada e vai me esquecer, então eu já estou te poupando do tempo perdido. Eu não sou o suficiente para você, Patrícia. Você merece alguém melhor.

Patrícia rolou para o lado e o encarou, séria. As mãos dele posicionadas sobre a virilha.

— Você não precisa ter medo de mim, Bernardo, e nem vergonha! Se estamos sendo sinceros, eu também não sei o que eu vi em você! Você é completamente diferente de todos os caras com quem eu já saí! A conclusão que cheguei é a seguinte: eu estava saindo com os caras errados por toda a minha vida, pois enquanto eles tentavam me agarrar ou me levavam para fazer os seus programas idiotas, você parou pra me escutar. Procurou me agradar e não pensou em ganhar nada em troca. Vou te confessar que não gosto nem um pouco do jeito que você tá vivendo, no meio dessa sujeira, mas isso é para depois. Você pode parar de se preocupar se eu vou gostar de você ou não, porque eu já gosto. — Ela falava compenetrada e lhe esbofeteou a testa de leve quando terminou. Bernardo estava surpreso com o quanto ela o valorizava sem que ele percebesse. Sentia-se como se todos os outros homens do mundo fossem completos imbecis insensíveis e que ele, ao agir como um ser humano mais ou menos decente, havia conquistado uma mulher maravilhosa sem maiores esforços.

Que porcaria de mundo distorcido é esse em que vivemos. Pensou.

Patrícia continuou.

— Quanto ao sexo, seu tonto, eu sabia que esse dia chegaria. Contanto que você me garanta que isso aí aconteceu porque você tava pensando um monte de merda e não porque eu não consigo te excitar, nós não vamos ter um problema. Eu não estou cobrando nada, Bernardo, sei exatamente no que estou me metendo, você já me alertou desde as primeiras palavras que trocamos, sem dizer nada, só sendo como você é. E eu aceito isso. E você, me aceita? — Ela se sentou sobre a cama, segurando as mãos dele.

Bernardo não disse nada, apenas a abraçou com força. Ele sentia o perfume dela no cangote e sorria como se houvesse ganhado na loteria. Ainda não conseguia acreditar que aquilo estava acontecendo, mas jamais seria louco de recusar tal oportunidade. Ele meneava positivamente com a cabeça e sentia as mãos de Patrícia apertando suas costas sobre a blusa.

Lembranças preciosas, Bernardo admirou-se como sua mente pescou uma memória de anos atrás e a desenhou tão vívida em seus pensamentos. Não se preocupava mais em errar o compasso da dança, mas em conter as lágrimas. Nunca mais queria deixar os braços de Patrícia, eles eram o seu refúgio, agora.

Um ligeiro tapinha em seu ombro lhe despertou de sua imersão. Bernardo olhou para Patrícia confuso, presumindo que ela tivesse algo para dizer, mas o olhar da esposa ia além de Bernardo. O tapa tornou a lhe chamar a atenção e ele virou a cabeça para trás.

Augusto, pai de Patrícia, o encarava circunspecto. Seu grosso bigode lhe cobria completamente os lábios, proporcionando uma expressão ainda mais imponente.

— Será que eu poderia ter a honra de dançar com a minha filha nessa noite tão especial? — A voz de Augusto poderia vibrar as paredes e sua pergunta mais parecia retórica do que um verdadeiro pedido. Patrícia lhe dizia com o olhar que ele não tinha escolha. Bernardo obedeceu e entregou a mão dela ao pai.

Ele se afastou do centro do salão enquanto Patrícia e Augusto deslizavam pelo salão e os convidados aplaudiam. Bernardo não tinha certeza se as palmas eram para ele ou para seu sogro. Boa parte da multidão já havia se dispersado e ele descansou na mesa da sua família. Nem se importava de ter que lidar com seus pais naquela noite.

— E aí, irmãozinho, meus parabéns! — Samuel se aproximara por trás de Bernardo lhe abraçando pelas costas, visivelmente alterado. Ele segurava uma taça de champanhe que por pouco não derramou sobre o paletó de Bernardo. — Rapaz, nunca te vi dançar daquele jeito, aprendeu direitinho, hein?

— Obrigado, Samuel. Foram várias horas ensaiando, né? — Bernardo tentava se desvencilhar do irmão, puxando-o para sua frente com cuidado para não derrubar a taça. — Tá gostando da festa?

— Rapaz, tá cheio de gatinha! Patrícia conhece um monte de gostosa, cara. Você vai ter que aguentar muita tentação! Depois me apresenta pras solteiras, beleza? — Samuel falava segurando o braço do irmão, uma mania que sempre incomodara Bernardo.

— Pode deixar, Samuel. Aproveita a festa, aí — ele desconversava ao ver seus pais se aproximando.

— Tenha certeza que eu vou! — Samuel virou a taça de champanhe de uma vez e abraçou Bernardo mais uma vez. — Segunda-feira não tem praia paradisíaca pra mim, irmãozinho! Vou aproveitar o momento! Falou! — Misturou-se na multidão de homens de paletó, distinguível apenas por fazer um sinal de "paz e amor", com os dedos médio e o indicador levantados e o braço erguido enquanto embrenhava-se.

Bernardo não se conformava com o quanto o irmão havia conquistado na vida, apesar dos trejeitos inconsequentes. Samuel era advogado em uma firma tradicional, como seus pais sempre faziam questão de lhe lembrar. Ele respirou fundo e preparou-se para Marli e Guilherme.

— Meu filho, você está tão elegante. Nunca vi você tão arrumado assim. — Marli o checava dos pés à cabeça. — Você vai ter que andar sempre assim, agora, para poder combinar com a beleza da Patrícia, né? — Ela soltava uma risadinha venenosa, estridente.

Guilherme apenas o abraçou e lhe parabenizou.

— Meu filho, fico muito feliz de ver você se casando. Confesso que por um tempo pensei que nunca viveria para ver algum dos meus filhos passando por isso na vida. Te agradeço por você ter me dado essa alegria. Ainda mais com uma moça tão direita e bonita como a Patrícia. Você tem muita sorte de tê-la encontrado. Cuide bem dela, Bernardo. — Guilherme colocava o braço ao redor de Marli e o fitava sorridente.

Bernardo não entendia muito bem o que seus pais estavam querendo dizer. Ou não queria acreditar em sua interpretação. "Combinar com a beleza dela"? "Sortudo por ter encontrado uma moça tão direita"? Era como se eles o estivessem alertando, insinuando que Patrícia era boa demais para ele.

— Ela é a verdadeira filha que você nunca teve, não é, pai? Depois que o Samuel destruiu a sua roseira — Bernardo replicou rispidamente. Guilherme soltou uma gargalhada alta.

— É isso, mesmo, meu filho! Mas eu não vou te castigar por ter caído nela! Pelo contrário, só se você sair de cima! — Guilherme ainda terminava de rir, pensando na comparação. Marli encarou o filho com um olhar severo, austero. Bernardo a fitou de volta com ousadia.

— Pai, mãe, quero que vocês aproveitem bastante a festa e divirtam-se, pois hoje é tudo por minha conta! Agora me deem licença, por favor. Eu vou falar com alguns convidados. — Bernardo não queria continuar aquela conversa por mais nem um segundo, ele sabia para onde ela se encaminharia e prometera a si mesmo que nada lhe tiraria o bom humor.

Seus pais sentavam-se à mesa ao seu lado e Bernardo pôde ouvir sua mãe confidenciar jocosamente ao ouvido de Guilherme: "Por conta do Augusto, ele quer dizer, não é?". Bernardo pegou uma taça de champanhe da bandeja do garçom que passara ao seu lado e a entornou de uma vez. Foi procurar Patrícia.

Ela conversava com alguns amigos de sua família, da alta sociedade. Mulheres de meia-idade puxavam o saco de Patrícia elogiando seu vestido, seu cabelo e a festa enquanto seus olhos varriam todo o salão, buscando Bernardo. Ele apareceu pegando-a pelo braço, assustando-a.

Quando se recompôs, Patrícia o apresentou às senhoras.

— Bernardo, essas são a Vera, a Hilda e a Rosana. São boas amigas da minha família há muitos anos. — Elas rodeavam Patrícia como um bando de abutres e encaravam Bernardo com um típico desprezo disfarçado, já muito bem aprimorado.

— Muito prazer em conhecê-las, aproveitem a festa! — Bernardo respondeu sem olhar para nenhuma delas e afastou Patrícia para um canto reservado atrás do palco, deixando as senhoras fofocando entre si.

— Bernardo, o que você está fazendo? Aquilo foi muita falta de educação! — Ela sacudia o braço para se soltar. Ele a largou.

— Patrícia, por que eu tenho a impressão de que todo mundo nessa festa não aprova o nosso casamento? — ele inquiriu, frustrado.

— Como assim, Bernardo, do que você está falando? — Ela alisava a parte do braço onde ele a havia segurado.

— Ah, você não reparou? Seu pai agindo como se ele fosse o dono disso aqui tudo? Os convidados que não dão a mínima para mim. Essas velhas falsas que fingem muito mal se importarem com qualquer coisa que não sejam as colunas sociais dos jornais. Sinceramente, a única pessoa que me pareceu verdadeiramente feliz por mim foi o Samuel, Patrícia. O Samuel. — ele vociferava para cima dela.

— Bernardo, você está sendo paranoico! Eu já havia te avisado, todos sempre ligam para a noiva no casamento, o noivo acaba passando despercebido. A única diferença que você tem em relação aos outros convidados é essa flor na sua lapela, isso é normal!

Por alguns segundos Bernardo pensou no que ela disse. Patrícia estava aborrecida esperando alguma reação. Ele se aproximou e questionou lhe cinturando com as mãos.

— Você não acha que está cometendo um erro, não é? Você não acha que é boa demais para mim, certo?

Patrícia revirou os olhos e respirou fundo.

— Que merda, Bernardo, eu respondi isso para você no dia em que nós começamos a namorar, eu respondi isso na igreja ainda hoje na frente do padre e de todo mundo que eu conheço! Quando você vai parar de perguntar isso e simplesmente me aceitar? Parece que sou eu quem precisa fazer esse esforço diário, não você. Eu não quero essa porra dessas dúvidas aparecendo no dia do meu casamento e nem depois! Eu não mereço isso! Eu te amo, conforme-se! — Ela o empurrou para tirá-lo do caminho e marchou de volta para a festa.

Bernardo bufava, não queria ter descontado suas frustrações em Patrícia. Amaldiçoava seus pais, seu sogro e todos a quem permitiu lhe provocarem. Ele mostraria a eles. Faria de Patrícia a esposa mais feliz do mundo. Seria um marido tão exemplar que eles teriam de ir até a ele, confessando estarem enganados a seu respeito. Trabalharia dobrado para conseguir uma promoção e se tornar o verdadeiro homem da casa. Sim, mostraria a todos eles que não deveriam duvidar nunca mais de suas capacidades.

Ele pegou outra taça de champanhe de um garçom e subiu até o palco pelos fundos. Pediu para que os músicos cessassem a canção por um instante e se aproximou do pedestal com o microfone.

— Boa noite, amigos, familiares e todos os presentes. — Só parado em um nível superior Bernardo teve noção do quanto o salão estava lotado. Cerca de duzentas pessoas o encaravam sem dizer nada, aguardando seu anúncio tão importante que precisou interromper a festança. Patrícia estava no centro do salão, acompanhada de Augusto. Marli e Guilherme observavam ao fundo. Bernardo sentiu suas palmas suarem mais uma vez.

Ele removeu o microfone do pedestal para ficar mais à vontade, mas aproximou-se demais da caixa de som, causando uma microfonia estridente. Todos no salão taparam os ouvidos com as mãos enquanto Bernardo se afastava do alto-falante e se desculpava. Patrícia o assistia completamente sem reação, apenas torcendo para que ele descesse logo dali.

— Prometo que não vou me alongar demais, não quero atrapalhar a diversão de ninguém. Principalmente a minha, não é mesmo? — Bernardo esperou risadas ou algo do gênero, mas ninguém falou nada. Ele pigarreou para limpar a garganta e continuou. — Apenas gostaria de propor um brinde à moça mais incrível que já conheci na minha vida! Não sou muito bom com palavras, mas ela sabe o quanto é importante para mim e o quanto eu a amo. Sei que nossa união parece esquisita, improvável, mas eu garanto, e tenho todos aqui como testemunha, que a farei mulher mais feliz que já viveu! Saúde! — Ele levantou a taça em uma moção convidativa para que todos bebessem. O silêncio permanecia esmagador.

Bernardo estava prestes a desistir, seria impossível ganhar a afeição dessas pessoas, mas uma voz emergiu da massa.

— É isso, aí, irmãozinho! Mostra pra todo mundo como é que se faz! — Samuel berrava do fundo da sala, com um braço em volta de uma moça loira e com o outro levantando sua taça.

Fosse por pena ou por vergonha alheia, os outros convidados logo começaram a brindar também. Bernardo então entornou sua taça e abandonou o palco. A música voltou a tocar e todos se dispersaram novamente. Patrícia o aguardava ao pé das escadas de braços cruzados.

— Não sei o que deu em você, nem porque você ainda insiste em precisar provar para essas pessoas alguma coisa, Bernardo. Mas se esse foi o seu pedido de desculpas por ter sido um idiota comigo agora há pouco, eu aceito. — Ela o abraçou e lhe deu um beijo estalado nos lábios.

— Não foi o melhor dos brindes, mas acho que serviu para alguma coisa, não é? — Ele brincava para disfarçar o constrangimento. — Eu nunca pensei que diria isso, mas estou bem feliz de ter o Samuel como irmão, hoje.

— Bernardo, olha para mim. — Ela pegou suas mãos, chamando sua atenção com uma voz áspera. — Essa é a nossa vida e nada mais importa. Nenhuma dessas pessoas. Nós agora vivemos um em função do outro, pare de querer impressioná-los e simplesmente prometa que vai me amar como eu sei que você pode.

Ele a fitou de volta, apertando seus dedos contra os dela.

— Eu prometo. — Ele assentiu, mas os pensamentos ainda estavam fixos em provar que não era um fracassado.

27 . MARÇO . 2006

— Que delícia esse seu filé, hein? — Patrícia guardava o pedaço de carne no canto da boca para conseguir falar — Até me arrependi de ter pedido esse risoto sem graça.

Ela esticava o braço até o outro lado da mesa para alcançar o prato de Bernardo com o garfo. Ele se enervava quando outros mexiam em sua comida até mesmo quando tinham permissão, mas sua falta de apetite lhe impediu de causar alvoroço dessa vez. Também sabia que não teria desculpa para agir como um babaca intolerante naquela ocasião especial.

— Tá ótimo, mesmo, pode pegar mais, se quiser, amor. — Bernardo empurrava o prato mais para perto de Patrícia, sua voz se arrastava.

— Oba! Depois não vai se arrepender, hein? — Ela não hesitou em cortar outro pedaço generoso do filé suculento, o garfo pingava com o molho de amêndoas enquanto pairava sobre a mesa. Ela o juntou ao seu risoto aos quatro queijos antes de engolir tudo. — Esse dia só fica cada vez melhor para mim!

— Pode aproveitar, estou meio sem fome, mesmo. — Embora designada para criar uma atmosfera romântica, a meia-luz do restaurante acentuava ainda mais o tom melancólico de Bernardo.

Ele mal falara desde que Patrícia havia chegado à casa para comunicar-lhe de sua grande promoção no trabalho. Ela estava radiante, mal podia esperar para compartilhar a grande novidade. Almejava o cargo há anos e trabalhava várias horas extras para impressionar seus superiores.

Já passava das 19h quando Patrícia entrou pela porta da frente gritando pelo marido. Ela sentia como se fosse explodir se sufocasse aquilo dentro de si por mais um minuto.

— Bernardo, amor! Vem aqui, agora! — ela gritava à beira da escadaria.

Bernardo assistia à televisão no quarto, deitado, só de cueca e camiseta regata. Não se barbeava há duas semanas e o que restava de seus cabelos, nas laterais do crânio, eram apenas fios desgrenhados e sebosos. Não tomara banho o dia todo. Alguns dias passavam mais lentamente que os outros.

— O que foi, Patrícia? Eu estou deitado! — ele berrou sem se levantar.

— Você tem que vir aqui agora! É urgente! — Ela fez parecer como uma emergência, mas sem usar um tom alarmante.

Bernardo se deu por vencido. Conhecia Patrícia, quando ela se empolgava com algo, não se renderia até conseguir envolvê-lo. Suspirou e levantou-se, esticava os braços e as pernas para espantar a preguiça.

Patrícia fitava ansiosamente para o alto das escadas, esperando o marido surgir. Quando Bernardo desceu o primeiro degrau, ela se espantou internamente, mas a tempo de camuflar a surpresa.

— O que é tão importante, Patrícia? Me diz. — Ele descia as escadas contrariado, como um adolescente obrigado pelos pais a cumprimentar as visitas.

— Bom, eu não quero interromper o seu dia super atarefado, pois pelo visto você nem teve tempo para tomar banho ou trocar de roupa, então vou falar de uma vez! Eu fui promovida, Bernardo! Finalmente aconteceu! — Ela lançou a notícia em uma crescente histeria.

Os olhos de Bernardo cresceram, ele coçava a nuca ainda com preguiça. Queria estar feliz por Patrícia, mas sentia-se afrontado, diminuído. Xingava sua vida, mentalmente.

Me demitem no mesmo mês em que ela é promovida? Tá ótimo. Como se eu não me sentisse um bosta grande o bastante. Eu mereço. Ele pensava, estático no meio da escada, com uma mão pousada sobre o corrimão.

— Será que eu não mereço nem um abraço de parabéns, sequer? — Patrícia reclamou, parada de braços abertos abaixo dele.

Como o estalar de dedos que desperta alguém da hipnose, Bernardo foi transferido do seu plano mental de volta para a realidade. Ele desceu as escadas depressa e a abraçou.

— É claro, amor. Você merece tudo isso e muito mais. Parabéns. — Ele a abraçava e falava suavemente aos ouvidos de Patrícia. Ela respondeu ao afago, mas simbolizou que já era o bastante com três tapinhas contra o ombro de Bernardo. Ele a largou prontamente, não fazia questão de fingir por mais tempo, também.

— Eu quero que você se arrume, Bernardo, hoje à noite nós vamos sair para comemorar! Vamos tomar um bom champanhe e comer algo delicioso! Hoje é por conta da nova diretora de marketing, aqui! — Ela apontava para si mesma com os polegares, rebolando em uma desajeitada dança de comemoração.

Perfeito. Esfrega na minha cara o máximo que você puder, Patrícia. Ele pensou, forçando os dentes uns contra os outros, com toda a força, para impedir que as palavras fugissem.

— É verdade, desculpe a minha falta de educação. É um passo muito importante para sua carreira, Patinha. Espero que você não deixe a pressão te deixar insegura, eu sei que você é capaz. — Bernardo plantou a semente venenosa de propósito, não sabia se surtiria efeito, Patrícia sempre fora confiante, mas ele precisava tentar. Qualquer artimanha que o fizesse sentir-se melhor era válida.

Patrícia não entendeu muito bem o que ele quis dizer com aquilo, ainda não havia parado para pensar, na verdade. Ela sentiu uma leve pontada de nervosismo no estômago, mas decidiu ignorá-la. Só pensava em celebrar. E pensando em comemoração, lembrou-se de algo que precisava fazer.

— Meu Deus do céu! Fiquei tão empolgada em chegar para falar com você que até me esqueci de ligar para o meu pai! Quero dar as boas notícias para todo mundo de uma vez, é muita gente! — Ela falava sozinha, embora Bernardo estivesse parado ao seu lado, remoendo-se.

Patrícia disparou para o telefone da cozinha e discou. Encostou-se contra o balcão enquanto esperava alguém atender do outro lado.

— Bernardo, enquanto isso você poderia dar um trato nessa barba e ir separando uma camisa bonita para mais tarde, né? — Ela pedia em voz alta. Bernardo não respondeu, apenas marchou novamente para o segundo andar, ainda a tempo de escutar os risos e a voz entusiasmada de Patrícia falando com o pai. Decidiu espairecer fazendo o que ela o havia pedido, ao menos lhe distrairia da vontade de mandá-la para o inferno.

Depois de alguns minutos passando a lâmina contra o rosto e o pescoço, não havia mais sinais dos pelos desgrenhados. No lugar, um fino cavanhaque lhe cobria o queixo e o bigode, conectados por um feixe tênue. Bernardo passava a mão por todo o rosto, nunca havia tentado o visual. Encarava-se no espelho ainda incerto da empreitada. Decidiu voltar à Patrícia para perguntar sua opinião. Talvez conversar sobre assuntos banais lhe fizessem bem.

Ele descia os degraus tranquilamente, os pés descalços tocavam o carpete sem fazer som. Ele podia ver Tom cochilando ao lado da porta da cozinha, de onde a única fonte de ruído da casa nascia. Patrícia ainda falava ao telefone, mas o entusiasmo de antes agora dava lugar a uma voz preocupada.

Bernardo parou sobre a escada e ficou quieto, tentando entender o que Patrícia dizia, mas ela falava baixo em um tom áspero. Tratava-se de algum assunto sério e ela parecia ter receio de que Bernardo a pudesse escutar.

Ele se esgueirou escada abaixo e encostou-se na parede ao lado da porta, junto do felino. Agachou-se para fingir que acariciava o gato — caso fosse flagrado — e ouviu com atenção.

— Sim, pai. Também não sei o que ele vai fazer agora. Já se passaram quinze dias e nada. Ele anda desleixado, não sei se pensa em arranjar outro emprego ou de repente começar algum curso. Ele ficou muito abalado com tudo isso, se achando derrotado, então prefiro nem dizer nada por enquanto. Só busco deixar ele à vontade, sabe? Mostrar que ele não precisa se preocupar. Espero que essa promoção sirva para que ele não ponha mais tanta pressão assim sobre si mesmo. — A voz de Patrícia era um sussurro angustiado. Bernardo não se admirava que Tom pudesse dormir tão bem. Não fossem as palavras brutais — rígidas como pedregulhos grandes o bastante para trazer a casa inteira abaixo — a voz macia também o acalmaria. Ele acariciava a nuca do bichano com a ponta dos dedos, lutando para não chutar a porta e entrar na cozinha berrando.

Patrícia agora estava calada, escutando atentamente ao pai. Bernardo aguardava apreensivo por alguma reação da esposa.

— Provavelmente ele está falando como sabia que eu não era bom o bastante para a filha dele desde o dia em que nos casamos. — Bernardo murmurava para Tom, como se este o compreendesse. O gato esticou as patas dianteiras com preguiça, bocejou e voltou a se acomodar no chão.

— Você tem razão, pai, mas por enquanto é isso que eu farei. Você não tem tato para essas coisas, deixe que eu mesma seguro as pontas numa boa. Eu estou melhor do que nunca agora que fui promovida, você não tem com o que se preocupar, não preciso que você interfira. Tenho que ir agora, pois ainda marquei de sair para jantar com o Bernardo, hoje. Ele não me pareceu muito empolgado, mas acho que é consequência dessa vida dos últimos dias, enfurnado dentro de casa. Talvez fazer algo diferente faça bem para ele.

Bernardo apertava com força o lombo do gato, possesso com o que acabara de ouvir. Ainda tentava processar o fato de que sua esposa o considerava um estorvo, um peso morto que precisava ser sustentado, pois não se garantia por conta própria. Seus dedos afundavam no couro de Tom, que despertou assustado, mordendo a mão de Bernardo para se defender.

Por reflexo, Bernardo soltou o gato, que correu para o outro lado da sala e pôs-se a lamber o lombo dolorido. Sem tempo para pensar, ele se levantou e deu de cara com Patrícia na porta da cozinha. Ela se sobressaltou ao dar de cara com ele.

— Que susto, Bernardo! O que você tá fazendo aí? — ela perguntou colocando a mão sobre o coração.

Ele fora pego tão de surpresa que até esquecera seu pretexto inicial. Ficou parado sem dizer nada, até inventar outra desculpa esfarrapada.

— Estou com sede, desci para buscar um copo d'água. Algum problema?

— Problema nenhum, só estava perguntando, eu hein! — Ela passou por ele, encarando-o, confusa. — Bom, eu vou me aprontar para sairmos. Não se esquece de raspar o resto dessa barba horrível depois que você terminar, aí, tá bom?

Eles celebravam brindando com um caro vinho francês. A sugestão do *sommelier* fora impecável, embora soubesse que aquilo não poderia ser barato. Ele olhava para Patrícia através da taça enquanto bebia, enxergando uma silhueta disforme do outro lado da mesa.

— Que delícia. Tudo hoje estava uma delícia! Acho que faz bem sair da rotina de vez em quando, né? Nos faz apreciar mais coisas mais simples como uma boa taça de vinho. — Ela girava a taça vazia à sua frente, olhando-a fixamente, como se tentasse decifrar uma mensagem secreta no vidro.

— É verdade, mas já está ficando tarde, não é? Vamos pedir a conta? — Ele a interrompeu, abrupto.

Patrícia o encarava, perplexa, ela pôs a taça sobre a mesa com cuidado e perguntou firmemente.

— Tem algum problema, Bernardo? Alguma coisa que você não está me dizendo? Estou te achando meio sem ânimo desde a hora em que cheguei em casa, hoje.

— Problema nenhum. Só estou me sentindo meio indisposto. Talvez tenha sido algo que eu comi mais cedo ou então estou ficando gripado. Nada de mais.

— Tudo bem, então. — Ela sentia que Bernardo não fora totalmente sincero, mas não insistiria. — Vamos pedir a conta.

— Ela virou para o lado e fez o gesto da conta para um garçom parado próximo ao bar.

Bernardo não suportava mais nenhum segundo dentro daquele restaurante. Para onde olhava, sentia-se julgado. Era como se todos ali dentro fizessem parte de um complô montado com o único propósito de lhe humilhar. Cada garçom, cada freguês. Ele sabia que estava sendo taxado de fracassado por todos aqueles olhares fulminantes em silêncio.

Ensurdecido pela própria paranoia, Bernardo não ouviu quando o garçom lhe chamou a atenção.

— Senhor, a conta. — O garçom repetia, educadamente.

— Ah, sim, obrigado — Bernardo respondeu surpreso. — Vamos ver aqui.

Antes que os olhos de Bernardo pudessem chegar até o valor total do jantar, Patrícia puxou a nota de suas mãos.

— Ei, eu fui promovida, esqueceu? — ela brincou, sorridente.

— Sem despesas para o senhor, hoje.

Bernardo riu desconcertado, mas suas entranhas queimavam por dentro. Ele tinha certeza de que aquele garçom voltaria para a cozinha para tirar sarro junto dos outros funcionários, e que os clientes das mesas ao lado já cochichavam entre si sobre sua incapacidade de pagar um jantar.

Também já não queria mais olhar para Patrícia pelo resto daquela noite. Sentia como se ela o desmoralizasse de propósito, na frente de todos, com sua gentileza dissimulada. Não sabia exatamente o que Augusto havia dito para ela, mas estava certo de que também havia contribuído para isso.

Como um completo inútil, nem sequer teve a chance de ver quanto ele havia custado para sua esposa. De que adiantaria saber o valor da conta, aliás? Só lhe traria ainda mais vergonha. Só queria escapar dali o quanto antes.

Patrícia assinava a nota do cartão de crédito assobiando junto com a música ambiente. Um jazz instrumental aprazível embalava todo o restaurante enquanto Bernardo se contorcia por dentro.

— Bom, tudo pago, vamos para casa? — ela disse pegando na mão gélida dele.

Bernardo removeu a mão de baixo da de Patrícia subitamente, sentia-se imundo e o toque límpido dela lhe evidenciava isso ainda mais.

— Vamos, estou exausto — rebateu.

Bernardo tentava assistir à televisão deitado sobre a cama enquanto Patrícia zanzava pelo quarto escovando os dentes. De um lado para o outro, ela passava pela frente do documentário sobre jacarés que Bernardo fingia se interessar em assistir. Ela manuseava a escova com força. A fricção das cerdas contra os dentes era alta o bastante para que o narrador do filme fosse abatido pelo ruído. Bernardo estava irritado. Não poderia se importar menos com o que estava assistindo, mas precisava de seu escape. Patrícia continuava a ação, absorta, mexendo no celular com a mão livre, ainda respondendo mensagens parabenizando- a pela promoção. Bernardo pressionava o travesseiro contra as orelhas e fechava os olhos por alguns segundos, torcendo para estar em outro lugar quando os abrisse. Sentia-se nojento. O sucesso de Patrícia era um insulto pessoal e ele tentava se convencer de que estava sendo ridículo, mas ele sabia que não estava. Tinha razão, afinal.

Aprisionado no próprio quarto, até então seu refúgio da sociedade que o chicoteava sempre que pisara para fora de casa. Ele abriu os olhos e Patrícia não estava mais lá, entretanto a televisão estava desligada. Virou o rosto para o lado espantou-se ao vê-la plantada ao lado da cama, encarando-o.

— Tá tudo bem com você, Bernardo? Você me parece... — Ela pausou, buscou uma palavra que não abrisse margens para interpretações dúbias. — Indisposto.

— É, aquele mal estar que me deu lá no restaurante está voltando, vou tentar dormir para passar. — Só então Bernardo notou a camisola de seda que Patrícia estava usando. Ela estava estonteante de lingerie nova e já havia desligado a televisão. Sem dúvida queria encerrar a noite fazendo sexo, mas ele não tinha a menor condição de lhe conceder qualquer prazer.

Patrícia deitou-se ao lado dele e tentou lhe afagar os cabelos da nuca. A carícia lhe emasculava. Bernardo sentia sua masculinidade sendo drenada pela ponta dos dedos de Patrícia. Não concebia como ela poderia esperar sexo depois de uma noite desastrosa como aquela.

Mas é claro, para ela a noite foi maravilhosa, não é? Afinal, eu não passo de um preguiçoso que pega carona no sucesso dela. O pensamento lhe estalou como um tapa.

Bernardo virou-se para o outro lado da cama, dando as costas para Patrícia. Ele desligou o abajur sobre o criado-mudo e avisou asperamente.

— Desculpe, mas hoje eu não tô com cabeça para isso. De verdade.

Patrícia suspirou, deu-se por vencida e o imitou. De costas um para o outro naquela prisão escura, ela adormeceu.

O monólogo interior de Bernardo lhe impedia de fazer o mesmo. No breu e no silêncio, não tinha como escapar dos pensamentos que o perseguiam incessantemente a noite inteira.

Essa agora é a minha vida. Me torno um fardo maior para a minha própria esposa e uma vergonha para o mundo inteiro a cada dia que se passa. Sou um fracasso crescendo a olhos vistos e a todo momento algo novo faz questão de me achincalhar de uma maneira diferente. Perco meu emprego, perco o controle da minha vida. Minha dignidade, meu futuro. Sou incapaz de deitar ao lado da minha esposa sem sentir a culpa tombando sobre mim como um saco de tijolos. No único lugar onde ainda poderia felicitá-la, não tenho condições de agrupar qualquer estímulo para satisfazê-la. Como esses lábios que antes me eram tão prazerosos de se beijar agora me parecem tão venenosos? Onde é que eu fui parar? Ainda posso ser considerado um homem? Seus olhos vidrados perfuravam o negrume. Nem no sono encontraria paz.

Ainda sou um homem? A pergunta reverberava nas paredes do quarto e nos vidros da janela.

Bernardo levantou-se com cuidado para não perturbar o sono de Patrícia. Ela dormia profundamente, o vinho e a comida surtiam um efeito poderoso. O ritmo da respiração dela era hipnotizante. Bernardo a observou dormir por alguns minutos, de pé, forçando a vista para tentar enxergar algo além da sua silhueta negra. Invejava sua plenitude.

Ele pegou um par de calças jeans largados há dias sobre a poltrona no canto do quarto. Abriu o guarda-roupa devagar e pegou a primeira camisa que encontrou: uma pólo amarela que nem lembrava a última vez que havia vestido. Saiu do quarto na ponta dos pés e encostou a porta com cautela.

O corredor estava completamente escuro. Bernardo lembrava-se de quando era criança e subia as escadas correndo assim que desligava as luzes da sala, com medo de algum monstro agarrá-lo. Agora percebia que se tornara o monstro que lhe tirava o sono, caminhou tranquilamente, sabendo que pertencia à escuridão. Ele calçou um par de tênis que sempre largava ao pé das escadas. Checou o relógio da sala. Uma e dezoito da manhã. Bernardo não tinha muita certeza do que faria, mas enlouqueceria se permanecesse afundado naquela quietude brutal.

Parado em frente à porta, ele tateou os bolsos das calças antes de sair. Seus cigarros não estavam ali. Voltou até a cozinha onde os havia deixado e acendeu um no ato.

Ele abriu a porta e foi recebido com um vento refrescante vindo da rua. Aumentou a abertura para que o sopro tomasse a casa inteira, como num ritual de purificação. Bernardo olhou para o interior da casa, sentindo o sopro lhe atingir e passar para dentro, lhe contornando. Por fim, bateu a porta e cortou a corrente.

Bernardo tragava com afinco. Seu coração estava acelerado. Bateu a porta do carro e arrancou cantando os pneus. Acelerava pelas avenidas pacatas noite adentro, a esmo. Como era terapêutico apenas sair por aí.

Ele cruzava pelos outdoors cintilantes e os edifícios com uma ou duas janelas ainda acesas àquela hora. Os demônios dentro da sua cabeça pareciam mais amenos agora que ele estava longe de casa. Em uma atração subconsciente, Bernardo sempre voltava para o centro da cidade mais cedo ou mais tarde. Embora a sua motivação agora fosse outra.

Sua vida poderia ter mudado, mas a miséria e a sujeira do centro da cidade eram imutáveis. Bernardo admirava-se a cada nova visita com o quanto o local insistia em permanecer o mesmo.

Somos um só. Ele pensou.

O veículo serpenteava vagaroso pela pista estreita, sob as luzes amareladas dos postes, acompanhados das garotas de programa, aqueles eram os seus holofotes. Bernardo as assistia com atenção. Maquiagem pesada, meias-arrastão, os cabelos armados, os sapatos de salto alto e as blusas decotadas.

Em uma vistoria mais minuciosa, era possível apontar quais delas já haviam conseguido algum cliente naquela noite. Elas tentavam consertar suas imagens para que os próximos clientes as encontrassem intactas, mas Bernardo notava os detalhes. Um batom borrado, uma roupa amassada ou madeixas despenteadas delatavam um passado óbvio, mas omitido.

Todos querem ser o único. Pensou, com um sorriso cínico escondido pela penumbra.

Elas também o enxergavam e acenavam. Sabiam que um homem solitário, dirigindo lentamente àquela hora significava uma oportunidade. O carro não era de luxo, mas estava acima da média e em boas condições. Os olhares cresciam ainda mais. Bernardo não prestava atenção nas provocações proferidas em sua direção. As mais ousadas chegavam a mostrar os seios como último recurso, balançando-os em público, mas Bernardo não dava importância. Outras preferiam falar. Eram obscenas, ele não entendia como alguém poderia se excitar com aqueles tipos de convite: "E aí, gatão? Tá procurando o quê?", "Deixa eu te fazer feliz, só vai custar um pouquinho", "Você sabe que eu sou a melhor daqui, gostoso, deixa eu te mostrar".

Tudo não passava de um passatempo. Só queria espairecer e voltar para casa.

Até deparar-se com Nicole.

As artificiais mechas ruivas quase cobriam seus falsos olhos esverdeados. Ela fumava um cigarro, isolada das outras, como se não pertencesse à classe. Incólume, Nicole aguardava sua primeira vez da noite. Ela observava o carro de Bernardo descer a rua com um olhar blasé, como se boa demais para qualquer um que ousasse lhe direcionar a palavra.

Bernardo estava encantado e sentia-se um completo otário. Sabia que ela era uma prostituta, mas não conseguia olhar para longe. Teve de encostar o carro para poder contemplá-la tranquilamente. Ela notou Bernardo com um olhar cansado e deu uma última tragada no cigarro antes de descartá-lo com um peteleco.

Nicole puxou um chiclete de dentro da bolsa e pôs na boca. Mascando, começou a andar em direção à janela de Bernardo, seus saltos de acrílico batiam secos contra a calçada de concreto, emanando um ruído estalado. Bernardo estava sem ação, não havia buzinado ou dito qualquer coisa para chamar-lhe a atenção. Raios, sua janela nem sequer estava aberta. Era um homem casado, não deveria estar ali.

Ainda poderia dar partida no carro e voltar para casa. Deitar ao lado de sua esposa e dormir como se nada tivesse acontecido, mas estava ciente de que aquilo não aconteceria. Voluntariamente petrificado, ele a assistiu desfilar até o carro, a barriga plana, nua, em contraste com os volumosos seios siliconados que se esforçavam para permanecer dentro do top justo.

De uma maneira asquerosa, Bernardo sentia sua virilidade retornando. Poderia não ser homem o bastante para Patrícia, mas certamente poderia provar para si mesmo que ainda o era. E a resposta agora lhe parecia óbvia desde o início.

Nicole bateu no vidro de leve com os nós dos dedos e Bernardo pressionou o interruptor. O zumbido do mecanismo abaixando a janela agora se misturava com o mascar do chiclete de Nicole. Ela se inclinou sobre a abertura, empinando o bumbum para quem passasse por trás. Um terço das nádegas já expostos por baixo da microssaia de couro sintético.

Bernardo estava paralisado, mudo. A feição de Nicole ainda indicava um descaso perante tudo aquilo. Em um empenho para perder a menor quantidade de tempo possível, ela fez sua pergunta padrão de todas as noites.

— E aí, tá querendo o quê, tio? — Sua voz era anasalada. Bernardo não sabia dizer se ela a forçava para parecer mais sexy ou se era natural. — Se você for policial já adianto que não tenho nada, hoje.

— Eu não sou policial e nem seu tio!

Pela primeira vez, a expressão de Nicole alterou-se. Ela se espantou com a réplica enérgica de Bernardo e em seguida empregou um olhar provocador.

— Certo, perdão, meu bem. Você sabe que nós precisamos ter cuidado, não é? Esquece isso e me diz, o que a Nicole pode fazer por você, hoje? — ela falava com uma voz aveludada, inclinando mais a cabeça para dentro do carro.

— Eu quero que você faça eu me sentir como um homem. — A resposta saiu seca, como um estímulo condicionado.

— Tudo ao seu preço, bonitão. — Ela fez uma bola com o chiclete e a estourou perto do rosto de Bernardo.

— Dinheiro não é problema. — Bernardo mostrou sua carteira com algumas notas de cinquenta remanescentes de suas economias e do seguro-desemprego.

— Então você veio ao lugar certo, meu amor. — Ela esgueirou uma das mãos para dentro do carro e abriu a porta puxando a maçaneta interior. Sentou-se ao lado de Bernardo e ele pôde sentir o cheiro adocicado de perfume barato invadir a atmosfera e impregnar-se no estofado. — Por que você não me leva para um local menos movimentado? — Ela passava os dedos pela orelha, nuca e pescoço de Bernardo, ele sentiu-se como um adolescente assistindo a um filme pornô pela primeira vez.

Ansioso, Bernardo queria possuí-la o quanto antes, encontraria qualquer beco escuro para estacionar de faróis desligados. Ela o alisava e falava libidinosamente.

— Deixa eu te ajudar a relaxar. — Nicole passeava com os dedos indicador e médio da mão esquerda pela coxa de Bernardo até chegar ao zíper da calça. Ele tentava manter a calma e a atenção para a rua. Em nove anos de casamento, Patrícia nunca havia lhe tratado desse jeito, ou pelo menos sua mente fazia questão de lhe fazer pensar assim. Não se recordava da última vez em que esteve tão excitado.

Quando Bernardo estacionou sob algumas árvores em uma ruela pacata, já era tarde demais. Nicole removeu a mão, pegajosa, de dentro da cueca e limpou-a esfregando-a contra a lateral do banco. Ele olhava para baixo, atônito.

— Apressadinho, você, hein, meu amor? — Seu tom anasalado deixava qualquer coisa que ela dizia ainda mais irritante.

— Vai querer mais alguma coisa ou paramos por aqui?

— Me dê alguns minutos e nós fazemos isso direito, tá legal?

Áspero, ele nem virou a cabeça para retrucar.

Não bastasse a ejaculação precoce, ainda tenho que aguentar puta engraçadinha. Pensou.

— Você que sabe, meu amor. Eu vou fumar um cigarro enquanto você se anima aí, tá bom? — Nicole puxou uma carteira de cigarros da bolsa e desceu do carro, checava suas mensagens no celular encostada no capô.

Bernardo tentava reagrupar o que sobrava do seu orgulho machista ferido mentalizando uma outra ereção. Olhava para Nicole, as nádegas vistosas espalhadas sobre o metal, mas não obtinha reação. O insucesso lhe frustrava e a raiva emergia mais uma vez.

— Eu sou a desculpa mais patética de homem que já nasceu — ele falou em voz alta, quase chorosa.

— O que você disse? Já está pronto? — Nicole pôs-se de pé e inclinou-se na janela do carro, por força do hábito.

— Não, não estou pronto! Fica quieta!

— Escuta aqui, eu não tenho a noite toda, ouviu bem? Você deveria ter tomado a porra de um viagra antes de ter saído de casa se não aguenta mais o tranco, meu amor! Eu não tenho culpa se você goza em dez segundos, então vai baixando essa bola, aí! Ou você me paga por essa porcaria de punheta que nem vale o tempo que eu perdi ou então você me paga adiantado pelo resto da noite! — Ela gesticulava e berrava, apontando o dedo para a cara de Bernardo.

— Sua vadia! — Bernardo esbofeteou o rosto de Nicole sem sair do banco — Não me diga o que fazer! Eu pago para você calar a boca e me obedecer, entendeu?! Você é escória, não sei nem como deixei você encostar em mim. Dê o seu jeito de encontrar o seu caminho de volta para junto das outras vagabundas, no meu carro você não entra mais! Eu até pensei em te pagar, e pagar bem, mas você não vale a porra do meu dinheiro! — Ele deu partida e arrancou.

Histérica, Nicole berrava a plenos pulmões, xingando-o. Ela chutou a porta do carro com seu salto plataforma, deixando um arranhão, mas Bernardo não parou. Ela arremessou uma pedra contra ele, mas errou.

Bernardo observava a figura esbravejante de Nicole diminuir cada vez mais. Suas mãos tremiam de ódio, ele mal conseguia dirigir. Urrou com toda a força do corpo até a voz falhar e sua garganta doer.

— Puta desgraçada! Quem ela pensa que é? Eu sou homem pra caralho, não preciso de uma vagabunda feito ela pra me dizer nada! — Ele continuava a gritar sozinho.

Não encontrava satisfação dentro de casa e só deparou-se com mais humilhação do lado de fora. Por mais que gritasse e batesse no próprio peito como um gorila, Bernardo não conseguia silenciar seus pensamentos. O universo insistia obstinadamente em lhe esfregar na cara o quanto ele havia se tornado baixo e patético, por mais que ele procurasse ignorar. Voltara para casa mais derrotado e enfurecido do que quando havia saído.

Bernardo chutou a porta da frente e acordou Tom, que dormia sob a mesinha de madeira ao lado da porta, onde ele sempre deixava suas chaves. Ele carregou o gato sonolento no colo e sentiu-se tomado por um sentimento adormecido.

Lembrou-se de Carolina Vargas. Sua infância, todos aqueles pobres gatos assassinados a troco de nada. Memórias desgraçadas sempre reaparecem nas horas mais inoportunas.

Tom se acomodava nos braços de Bernardo, espreguiçando-se. Ele se sentou no chão com as costas na porta e o acariciou de leve na nuca. Os olhos do felino se fecharam novamente e a respiração desacelerou. O coração de Bernardo, no entanto, pulsava incontrolavelmente. Se Tom encostasse sua orelha contra o peito do dono, jamais adormeceria.

Além do mais profundo arrependimento que Bernardo carregou por todos aqueles anos e o remorso lancinante que o fez acolher o próprio animal em seu colo, ele recordava da satisfação. Como era reconfortante impor medo naquelas criaturas indefesas. Controlá-las. Ter suas vidas literalmente em suas mãos. Se divertir e depois descartar, exatamente como eles faziam com suas presas. O poder. A superioridade. O medo que impõe respeito. Saudades. Nunca fora respeitado ou temido em toda sua vida. Seu nome nunca significara tão pouco quanto agora mesmo. E a cada dia dali em diante, significaria menos.

Antes que pudesse se dar conta, suas mãos já se fechavam contra a garganta de Tom. Sentado, com as pernas cruzadas e olhando para frente, ele espremia com mais força o pescoço frágil e envelhecido. Tom ofereceu pouca resistência além de alguns espasmos, o bastante para Bernardo relembrar o tão esquecido gosto por esse controle imensurável. Deliciado, ele afrouxou a pegada e largou o corpo sem vida contra o chão.

Diferente de sua infância, no entanto, dessa vez o êxtase durou pouco. Não era a mesma coisa. Tornara-se outro tipo de monstro. A adrenalina antes tão viciante agora não passara de uma leve brisa. Trocara a vida de seu companheiro por alguns míseros segundos de prazer fugaz. Não era para ser assim. A realidade cobrou seu preço rápido demais.

— Deus, o que eu acabei de fazer?

28 . MARÇO . 2006

O metal agredia o solo em um ritmo cadenciado — quase ensaiado — como se acompanhasse o entoar de algum ritual indígena arcaico. A terra farfalhava ao encontrar-se com a pá e espalhava-se em milhares de grãos atrás de Bernardo, na grama do quintal.

Ele pisava com todo o peso do corpo para que a ferramenta penetrasse o máximo possível. Sentia os músculos dos braços e das costas doerem. Estava velho e gordo demais para trabalho braçal. A região lombar da coluna latejava a cada nova repetição, mas Bernardo olhava para o singelo calombo dentro do saco de lixo negro ao seu lado e continuava. Não precisaria ser muito profundo, apenas o bastante para a área parecer intacta uma vez que o trabalho estivesse terminado.

O sol da manhã queimava suas costas nuas, ele transpirava abundantemente. Esfregava o rosto com a camisa para secar o suor. Felizmente, a cova já estava quase do tamanho ideal.

Bernardo não conseguira dormir pelas poucas horas de escuridão que lhe restaram antes do sol nascer. Inquieto, ele caminhava de um lado para o outro, fumando e matutando. Não compreendia mais seu próprio desespero e sentia-se ludibriado por ter sucumbido a um desejo reprimido há décadas.

Estava arrependido pelo que se permitiu fazer com Tom e frustrado por não ter extraído prazer nenhum do ato. Entregou-se aos confins mais negros do seu âmago em busca de conforto, mas regressou de mãos vazias e sem seu animal de estimação, como alguém que fecha um pacto com o diabo.

Ele devia algo a Tom, pelo menos uma despedida digna para que pudesse redimir-se de alguma maneira. O pequeno túmulo próximo aos arbustos de ficus seria um bom lar.

Não obstante, a cada golpe com a pá, Bernardo descontava sua angústia e camuflava suspiros decepcionados em meio aos gemidos do esforço da atividade física. Patrícia tomava um café e o observava cavar, pela janela da cozinha. A breve conversa que tiveram sobre a morte de Tom só a preocupou ainda mais.

— Eu desci para tomar um café e ele estava deitado, parado, Patrícia. Pensei que ele estava dormindo, mas ele não respirava mais. Estava duro. Simplesmente chegou a hora dele. Não poderíamos fazer nada. — Patrícia repetia as palavras do marido na mente como se tivesse um gravador. Ela via a tristeza nos olhos de Bernardo, mas sentia algo maior que o luto, quase como um remorso.

Ela estranhava como Bernardo não conseguia enunciar o nome de Tom e sua pressa em enterrá-lo. O gato parecia ter se tornado um empecilho do qual ele queria se livrar o quanto antes. Patrícia sugeriu levá-lo a um veterinário para descobrir a causa, mas Bernardo insistia em enterrá-lo no quintal onde ele poderia estar perto de casa para sempre.

— De que adianta sabermos a causa? Não vai trazer ele de volta! — Ele exclamava angustiado. — Ele já estava velhinho e foi descansar.

As palavras faziam sentido, mas o sentimentalismo era atípico de Bernardo. Patrícia não sabia como ele reagiria a esse dia, embora soubesse que ele fosse chegar. Ela considerava o acúmulo de acontecimentos impactantes na vida do marido recentemente e relutou em confrontá-lo, mais uma vez.

— Está cedo demais para quebrar a cabeça com essas besteiras, de qualquer jeito. Preciso ir trabalhar. — Patrícia não se recordava da última vez que havia acordado de ressaca em um dia de semana e agora compreendia o porquê. Ela assistiu Bernardo grunhir e esburacar o quintal por mais alguns minutos até sua caneca se esvaziar por completo.

— Já está de bom tamanho. Hora de dizer adeus, amigo. — Bernardo observava o vão no solo, enxugando o suor da testa com as costas da mão. Ele juntou o saco de lixo e posicionou-o no fundo do túmulo com cautela. — Sinto muito que as coisas tenham terminado desse jeito.

Algumas lágrimas tímidas escapuliam enquanto ele jogava a terra de volta para dentro. Pouco a pouco, o plástico negro dava lugar ao marrom da terra que o cobria, até desaparecer por inteiro. Bernardo achatou o topo com as costas da pá até nivelar-se com o restante do solo, embora a terra mexida ainda se destacasse de toda a área ao redor.

Ele se sentou ao lado da pequena sepultura e deixou a culpa lhe atormentar com todo o direito que tinha. Deslizava os dedos pela terra espalhada por cima, procurando deixá-la uniforme com o resto. Bateu palmas para livrar-se do excesso nas mãos e acendeu um cigarro.

* * *

Os miados, latidos, grunhidos e até os silvos de algumas aves misturavam-se ao característico odor acre de todas as lojas de animais ao redor do planeta. Urina, fezes e sabe-se lá o que mais. Bernardo poderia jurar que nenhum estabelecimento do tipo — seja lá onde estivesse — exibisse um cenário diferente deste onde se encontrava.

Ele passava a mão pelas jaulas empoeiradas onde hamsters hiperativos amontoavam-se uns sobre os outros e chiavam. Crianças maravilhadas juntavam-se sobre as paredes de um viveiro de coelhos ao fundo. Um garotinho puxava as roupas da mãe e pedia para que ela assistisse aos roedores dormindo, sem fazer muito barulho. Outro reclamava e gritava para que os coelhos fizessem alguma coisa, batendo com as palmas das mãos contra a madeira do cercado.

No caixa, uma mulher de meia-idade comprava alguns brinquedos para sua poodle, enquanto esta latia incessantemente para os outros animais, pessoas e até para o nada. Se acreditasse em forças sobrenaturais, Bernardo consideraria se perguntar se cães realmente são capazes de enxergar espíritos, como diz a lenda.

A dona parecia não se importar com os ganidos estridentes da pequena bola de pêlos brancos que tentava correr para longe, mas era contida pela coleira sufocadora. Ela revirava sua bolsa buscando o cartão de crédito e pedia desculpas pela demora em encontrá-lo, mas não pela histeria.

Bernardo se embrenhou ainda mais para os fundos da loja, fugindo dos latidos até que estes se misturassem às vozes dos outros animais e pessoas. Passeou por um exuberante corredor de madeira adornado por diversos aquários nas paredes. Peixes das mais diversas cores e tamanhos nadavam de um lado para o outro freneticamente, como se suas vidas possuíssem algum propósito, enquanto outros apenas boiavam, estáticos, como se estivessem mortos e não soubessem.

Ele nunca entendeu a razão pelo qual as pessoas se interessavam em criar peixes. Por mais exóticos que fossem, não passavam de bibelôs vivos, peças de decoração com um prazo de validade e um custo tremendo para manter em funcionamento.

— Como isso poderia aliviar a solidão de alguém? Como conseguem amar uma criatura que nem sequer podemos fazer carinho ou brincar? — Ele aproximou o rosto até quase encostar-se contra o vidro de um tanque de peixes-palhaço. — Façam alguma coisa! Vamos! — Bernardo cutucou o vidro com a ponta do dedo indicador e todos os peixes se dispersaram para o lado oposto ao dele.

Ele voltou à sua postura normal, olhou mais uma vez para os aquários e liberou um riso desdenhoso. Distraído pelo exagero de criaturas diferentes no recinto, Bernardo então lembrou-se de Tom e de sua missão na loja. Ele chegara a uma área descoberta, aos fundos, o piso era revestido apenas por cimento batido e as gaiolas eram embutidas nas paredes de concreto.

Dezenas de gatos e cães ocupavam os espaços, quatro por cela, no mínimo. O local era bem menos povoado e mais sujo do que o restante da loja, como se nem sequer fizesse parte. Os animais, em sua maioria, eram mais velhos e visivelmente maltratados. Alguns exibiam doenças de pele, outros, cicatrizes e machucados ainda abertos.

A calma daquele espaço era de um contraste absurdo. Bernardo não ouvia um latido, uivo, miado ou rosnado. Os animais estavam deitados, recolhidos e sozinhos. Era difícil afirmar a última vez em que haviam sido asseados ou medicados.

A culpa de Bernardo multiplicou-se para proporções estratosféricas. Não entendia o propósito de abandonar um animal ferido ou doente e deixá-lo para morrer lentamente. Seus lábios tremeram e ele precisou fechar os olhos com força por dez segundos para conseguir impedir as lágrimas de descerem.

Bárbaros. Pelo menos eu tive a decência de acabar com o sofrimento de cada um deles. Pensou, tentando justificar seus próprios crimes para um júri invisível.

Um funcionário passou em direção ao interior da loja. Bernardo o segurou pela manga da camisa.

— Amigo, me tire uma dúvida. Por que esses animais estão aqui nos fundos, separados dos outros?

— Esse é o nosso setor de animais abandonados. As pessoas os encontram nas ruas e os deixam aqui conosco. Nós tentamos cuidar e recebemos doações, mas sempre chegam mais bichinhos do que verba. Todos eles estão disponíveis para adoção, embora a maioria dos clientes nem sequer venha aqui atrás para vê-los — o rapaz respondeu como se já tivesse o discurso memorizado.

— Isso é terrível. Impressionante como algumas pessoas podem ser cruéis a esse ponto, não é? — Ele pensou em Tom e todos os outros gatos que assassinou. Poderiam acabar em um lugar como esse, não fosse por ele. De certa forma, seu ato era heroico, apesar de não se orgulhar.

— Caso você tenha interesse em adotar algum deles, por favor, fale com qualquer um dos nossos atendentes. Nós ficaremos muito felizes. É tão raro algum deles conseguir um lar por já estarem mais velhos ou doentes. As pessoas geralmente procuram filhotes, e de raça.

Bernardo desviou o olhar para as jaulas encardidas e considerou dar uma chance. Vinha até a loja buscando um gato novo, mas não sabia nem como realizar o procedimento. Passara tantos anos pegando bichanos pelas ruas que nunca considerou que poderia fazer isso de uma maneira oficial.

Faria sentido continuar a tradição. Pensou, chegando perto da área dos gatos.

— Vou deixar você a sós para fazer sua escolha. — O rapaz desapareceu para dentro da loja. Bernardo o escutou, mas não se importou em virar para replicar.

Ele curvava as costas e apoiava as mãos nos joelhos para ficar à altura da porta gradeada. O cimento não revestido era áspero demais para que aqueles gatos pudessem deitar com conforto. Alguns pratos de ração e água eram vistos aos fundos, assim como uma pequena caixa de areia. Bernardo nem queria saber a última vez que aquilo havia sido trocado, se é que já havia.

Dois gatos rajados o encaravam, sonolentos, com os olhos entreabertos. Os rostos tomados pela sarna mostravam feridas e cascões grandes. Bernardo presumiu que eles arranhavam as faces para se aliviarem, agravando a condição. Aos fundos, um alaranjado com o estômago inchado lambia uma das patas sem lhe dar atenção. Todos lhe lembravam de antigas vítimas suas.

Pretos, cinzentos, marrons e das mais variadas misturas de cores, Bernardo vislumbrava os pequenos prisioneiros e os descartava, um a um. Ficaria louco se levasse para casa um gato semelhante a outro que havia ceifado.

— Eu não vou fazer mal a nenhum de vocês. Prometo. Mas preciso começar do zero. — Ele sussurrava, receoso em ser ouvido por alguém.

— Com quem você tá falando, tio? — A voz surpreendeu Bernardo. Pelo visto, sua voz não fora sorrateira o bastante.

Bernardo se virou e deu de cara com uma garotinha trajando um vestido rosa com uma saia espalhafatosa, como se fosse uma princesa. Sua franja quase lhe cobria os olhos e ela assoprava para cima para removê-la. Repetia o exercício continuamente, ela parecia se divertir com aquilo. Ele se curvou ainda mais para ficar à altura da criança e sentiu uma fisgada de dor na lombar. Levaria um tempo até que aquilo parasse de doer.

— Eu estou falando com os gatinhos. Estou procurando um para levar para casa. E você, o que faz por aqui?

A menina ignorou a pergunta de Bernardo e tornou a questioná-lo.

— Ué, por que você não pega um dos bichinhos lá da frente? Esses daqui são feios. — Ela fez uma careta ao olhar para eles mais de perto.

Bernardo nunca em toda sua vida se imaginou em tal situação. Por um minuto tentou esquecer quem ele foi e usou de sua recém-adquirida filosofia para elucidar a menina.

— Bom, esses bichinhos aqui foram abandonados e eles estão feridos, então precisam de mais amor do que os outros, você entende? — Ele soava como o funcionário da loja. Ao se escutar,

Bernardo não tinha certeza se tentava convencer a pequena princesa ou a si mesmo.

A menina parecia confusa, porém um inesperado sorriso lhe estampou o rosto. Seus dois dentes frontais estavam faltando. Bernardo riu discretamente e a ouviu.

— Então você vai levar um desses gatinhos para casa? Eu posso te ajudar a escolher? — Sua voz empolgada parece ter dado pouca atenção ao que aqueles animais haviam passado. Bernardo invejava a ingenuidade dela.

Por um instante, ele se preocupou em perguntar onde estariam os pais da garota, mas não queria estragar a animação dela. Acompanhou-a na empreitada.

— Claro que sim! Eu estou com certa dificuldade em encontrar algum que realmente me agrade, talvez você possa me ajudar. Por que você não olha os de baixo que eu olho os de cima? Quando você tiver olhado todas as jaulas, você vem até a mim para me dizer qual o gatinho que você mais gostou entre todos eles, tá bom?

A menina meneou a cabeça positivamente e correu para a parede onde as jaulas se iniciavam. Bernardo ainda não havia verificado nenhuma delas nos andares inferiores, e sabia que o faria novamente depois que a garota fosse embora, mas por ora a deixou embarcar na aventura.

Ele se encostou contra uma das paredes e acendeu um cigarro, aguardando o regresso da garotinha. Ele sentia sua culpa ser drenada a cada nova tragada. Tom fora sua única recaída em mais de vinte anos e agora ele tinha plena noção de que não queria mais aquele sentimento lhe fervilhando os pensamentos, nem o peso da consciência em suas costas. Nem sequer valia a pena, como antes, afinal.

— Tio, tio, tio! Vem comigo, já encontrei o gatinho mais lindo de todos! — A menina corria em sua direção, exaltada. Bernardo espantou-se e largou o cigarro no chão, apagando-o com o calcanhar. Ela o puxava pela barra da camisa e não parava de repetir "Vem ver!" como se houvesse encontrado um gato falante.

Ela o puxava para baixo, a abertura das jaulas inferiores batia na altura das coxas dele. Bernardo acocorou-se ao lado da menina. Ela apontava para o fundo do cômodo.

— É aquele ali, ó. Olha como ele é lindinho! — Ela destacava um felino branco de orelhas pretas. Uma mistura que Bernardo jamais havia visto em sua vida, nem mesmo na televisão ou em fotos. O gato estava deitado com os olhos fechados. Ele parecia saudável em relação aos outros. Sua pelagem só estava suja e emaranhada.

A garotinha continuou.

— Psst, psst. Vem cá, gatinho, vem. — Bernardo balançava a cabeça negativamente, incrédulo.

— Ele não é um cachorro, não vai... — Ele não teve tempo para terminar a frase, pois o animal levantou-se e caminhou lentamente até a menina. Ela pôs a mão para dentro da jaula e acariciou a cabeça do felino, que caminhava de um lado para o outro, esfregando-se contra os singelos dedos da criança.

Não só perplexo pela simpatia do animal, Bernardo também admirou-se ao perceber os olhos do gato. Portador de heterocromia, o bichano o enfeitiçava. Um olho era de um azul escuro como as profundezas dos oceanos que Bernardo conhecia somente nos filmes, o outro, de um amarelo claro, feito uma gota de mel.

— Eu já sei até o nome que você pode dar para ele, tio! — A menina disse ainda afagando o gato.

Bernardo passou sua mão pela grade e a ofereceu ao felino, que prontamente aceitou suas carícias.

— Acho que você realmente encontrou algo raro, aqui, sabia? Acho justo que você tenha o direito de batizá-lo.

Antes que a garotinha pudesse se pronunciar, uma voz esganiçada invadiu o lugar e os cortou.

— Paulinha, onde você estava? Eu disse para você ficar ao meu lado, pois já estávamos de saída! Eu já estava no carro quando lembrei que você tinha ficado aqui dentro. Venha, vamos sair logo desse lugar nojento! Eu deixei a Tiffany no carro, temos que ir depressa! — Bernardo reconheceu a dona da Poodle, e agradeceu internamente por ela não estar acompanhada daquela pequena nuvem encoleirada e seus eternos latidos histéricos.

A mulher ignorou Bernardo inteiramente e fazia cara de asco para os animais abandonados. Paulinha abaixou a cabeça e deu a mão para a mãe, que a arrastou para fora dali apressada. Antes de partir, no entanto, murmurou para Bernardo.

— Chama ele de Snoopy! Por causa das orelhas pretas! — Ela sorria, colocando a mão livre sobre a cabeça para simbolizar a orelha.

Bernardo sabia que ela havia se confundido e esquecera que Snoopy era um cachorro, ou simplesmente não se importava, em sua lógica infantil. Ele tornou a encarar o gato e pensou.

— Snoopy, por que não?

Ele virou o olhar de volta para a porta, buscando agradecê-la, mas a menina e a mãe já haviam se esvanecido.

21 . JUNHO . 1996

— Nós precisamos mesmo de ervilha em conserva? — Bernardo insistia em um questionamento teimoso.
— Ei, se está na lista, é para comprar! — Patrícia respondeu sacudindo uma folha de papel na frente do rosto dele. — Foi você quem se ofereceu para vir e eu achei uma atitude muito bonita e madura da sua parte. Então vê se agora não reclama, bonitinho, ou você vai pôr a perder todo esse seu esforço para me fazer esquecer a sujeira que o Tom fez na minha cama, quando você disse que ele iria se comportar se dormisse conosco no quarto.
— Eu, hein. Foi apenas uma pergunta inocente, será que você nunca baixa a guarda, mulher? — ele retrucou com uma risada, acuado pelas noções apuradas de Patrícia.
— Eu tô por dentro de tudo, bebê. E nunca me esqueço de nada. — Ela passou empurrando o carrinho do supermercado ao lado dele e lhe deu um beijo estalado na bochecha, depois pegou a lata de ervilha da mão de Bernardo e a largou dentro do carrinho.
Bernardo observou o movimento da bunda ligeiramente empinada de Patrícia enquanto ela se curvava para guiar o carrinho em direção à seção de frios. Recordou-se de quantas vezes antes fez isso sentindo a apreensão de ser pego no ato, ou dos olhares lhe julgando ao seu redor. Agora se alegrava ao poder fazer tranquilamente, com a parcimônia e atenção necessárias.
Ele a assistiu parado no meio do corredor até que ela desaparecesse ao fazer uma curva atrás de uma prateleira.

Compro todas as latas de ervilha do mundo para não perder essa vista. Ele pensou enquanto apressava o passo até ela.

Patrícia estava parada ao lado de uma prateleira refrigerada, ela segurava um pacote de salsichas com uma das mãos e com a outra — em formato de concha — ela tapava a própria boca. De longe, Bernardo teve a impressão de que ela estava chorando, mas ao se aproximar, percebeu que ela abafava uma risada.

— Por um momento eu pensei que você estava chorando por causa do preço dessas salsichas ou alguma coisa assim. O que está acontecendo? — Ele pôs um braço em volta dela e a puxou para perto.

— Escuta isso, Bernardo. Vê se não é a coisa mais ridícula que você já ouviu na sua vida. — Ela enxugou a mão molhada pela embalagem úmida no casaco e então o ergueu diante dos seus olhos mais uma vez. — Eu só queria comprar salsichas para fazer uns cachorros-quentes qualquer dia desses, mas olha o que esse pessoal me inventa.

— Muito bem, você já ganhou minha atenção, pode ler.

Ela virou o pacote e começou a ler um pequeno texto na parte de trás do plástico gelado.

Patrícia pigarreou para limpar a garganta, ironicamente, e então começou. Ela fez o seu melhor para imitar um narrador sério, engrossando a voz e falando pausadamente.

— Quando você estiver triste, não souber qual caminho seguir ou quando a vida parecer difícil demais, não desista. Ninguém sabe a resposta ou o segredo para a felicidade, então não se estresse. O importante é aproveitarmos a vida enquanto ela passa e, quando tudo parecer ruim, lembre-se: as salsichas Marley sempre estarão ao seu lado para tornar tudo mais gostoso. Portanto sorria e coma mais uma! Seja feliz! — Ela precisava interromper a narrativa para respirar e conter a risada enquanto lia. Bernardo a escutava com atenção, aguardando o final do texto.

— Desculpa, amor, eu tentei fazer uma coisa séria, aqui, mas não deu. É ainda mais engraçado quando você lê em voz alta! No que diabos a equipe de publicidade da Marley tava pensando? Marketing de autoajuda? — Ela ainda não havia parado de rir e quanto mais falava, mais lhe aumentava a vontade de gargalhar.

— Eu até pensei em comprar isso, mas não quero que o moço do caixa pense que eu preciso ouvir palavras de motivação de um pacote de salsichas.

— Triste é pensar nas pessoas que exclusivamente compram essas salsichas por causa dessa mensagem, né? — Ele soou mais pesaroso do que desejava ser.

Patrícia parou de rir e guardou as salsichas de volta na prateleira.

— Caramba, Bernardo, era só uma piada, por que você precisa ser tão dramático? Agora você fez eu me sentir culpada. Você acha mesmo que exista alguém tão depressivo assim e que uma multinacional como a Marley procuraria lucrar com isso desse jeito?

— Isso eu não sei dizer, mas se eles chegaram a esse ponto de bolar essa campanha, deve ter sido por algum motivo, né? De repente eles pesquisaram e descobriram que a maioria das pessoas que compra salsichas são solteiras e solitárias, então procuraram algum tipo de vantagem sobre a concorrência. É possível, você não acha? — Ele argumentava com vigor, como se advogasse em defesa da Marley. Ele queria acreditar naquilo.

Patrícia o encarava como se Bernardo tivesse falado grego.

— Você realmente acredita nisso? Você não acha que é simplesmente uma idiotice ler isso escrito em uma embalagem de salsichas?

— Pode ser idiota para você, Patrícia, mas sei lá, nós nunca sabemos como podemos influenciar a vida das pessoas, não é? Você lê isso agora e pode achar tosco, mas e se tivesse lido anos atrás, na época que o Daniel tinha te abandonado?

— Eu teria achado ridículo de qualquer jeito. — ela replicou, seca.

— Tudo bem, talvez você não seja o melhor exemplo, mas eu acho uma mensagem positiva. Garanto que alguma pessoa nesse mundo estava tendo um dia ruim e abriu um sorriso ao ler isso. — Bernardo defendia as salsichas com um otimismo até então inédito para Patrícia.

— Bernardo, isso é uma campanha de marketing. Eles só querem que você compre a droga da salsicha, não que você desista de se suicidar. Que saco! — Ela levantou a voz ligeiramente e removeu o braço dele dos seus ombros.

Ele preferiu não responder. Identificava-se com aquele pequeno apelo. Patrícia pausou, pensou melhor e se aproximou de Bernardo novamente, recolocando o braço dele em volta dela.

— Olha, eu sei que a sua vida era um lixo antes, mas isso já passou. Você não precisa mais buscar palavras de apoio num pacote congelado das partes mais asquerosas do porco, concentradas nesse palito de carne que mais parece um pinto. E se todos os outros infelizes solitários ainda não encontraram algo que dê sentido às vidas deles, eles podem olhar em volta e buscar inspiração na vida dos outros, nas histórias dos livros ou dos filmes, como nós mesmos fizemos! — Ela o abraçava pela cintura e falava olhando para ele, mas Bernardo não retribuía o olhar.

Ele queria que Patrícia calasse a boca e não falasse sobre o que ela não entendia. Queria que ela entendesse que ele assistia a seus filmes não porque achava as histórias bonitas, mas para escapar da sua própria realidade árdua por algumas horas. Queria que ela entendesse que ele caminhava pelas ruas sentindo inveja dos casais de mãos dadas e não se sentia inspirado por eles. Na verdade ele só se achava um desgraçado ainda maior por achar que não era merecedor daquilo. Não havia nada de revigorante naquilo, era avassalador.

Então, por mais idiota que pudesse parecer, ele apreciava as palavras piegas e sem sentido escritas nas costas de uma embalagem de salsichas, pois apesar delas terem sido postas ali com intenção de vender, ele pelo menos não tinha como invejar um objeto inanimado.

Aquele porco fora abatido da maneira mais cruel em algum lugar sujo e grotesco, bem longe do piso límpido e das prateleiras alinhadas daquele supermercado elitista. Processado em carne de qualidade duvidosa por uma empresa alimentícia que lucra dos maus hábitos alimentares de boa parte da população através de um preço módico e acessível.

Era uma comparação chula, mas Bernardo não tinha como cobiçar a vida daquele porco. Portanto, suas salsichas não eram uma ameaça para o seu estado de espírito já debilitado. E apenas por isso, ele poderia extrair algum contento daquela curta mensagem. Mas Patrícia só o acharia ainda mais maluco se ele exprimisse essa teoria.

Receoso em expressar-se sem levantar suspeitas sobre seus pensamentos, Bernardo decidiu virar o rumo da conversa.

— Você parece ter uma ideia bem definida de uma vida feliz, pelo visto — ele disse em tom de acusação. — Por que você não me diz a sua ideia de perfeição? Assim, digamos que nós nunca tivéssemos nos conhecido e você pudesse fazer o que você quisesse. O que você faria?

Patrícia foi pega de surpresa pela pergunta, como uma professora substituta despreparada para tirar dúvidas da classe.

— Eu não sei, Bernardo. Acho que nunca pensei sobre isso, na verdade. — Ela tentou desconversar para ganhar tempo.

— Claro que pensou, todos nós pensamos nisso. — Ele insistiria em ouví-la. A ida ao supermercado acabara tornando-se mais interessante que o previsto.

Patrícia cruzou os braços e pausou por alguns segundos.

— Bom, eu acho que viajaria mais. Sei que com o meu trabalho eu terei pouco tempo para fazer isso — ela respondeu, desanimada.

— Não, não, não. Esqueça o seu trabalho. Eu quero que você seja quem você queria ser quando era criança. O que a Patrícia de oito anos queria ser quando crescesse?

Patrícia estava um pouco espantada com a insistência e a empolgação de Bernardo. Ela não entendia por que aquilo tinha se tornado tão importante para ele de uma hora para a outra. Ela se concentrou para responder a pergunta direito para escapar do interrogatório o quanto antes.

— Já que você insiste, eu tinha essa ideia fixa de ser cientista por um tempo quando tinha não oito, mas sete anos. Não durou muito, mas eu adorava os jalecos, os tubos de ensaio cheios de líquidos coloridos e fumegantes, os laboratórios com as mesas de metal e tudo mais. — Ela parecia ter terminado, mas continuou antes que Bernardo pudesse intervir. — No meu aniversário de oito anos eu ganhei de presente um daqueles kits infantis onde você podia montar seu próprio microscópio e eu passava dias observando qualquer coisa nele. Botões, grãos de arroz, uma formiga que aparecia dentro do açucareiro. Eu tinha que me virar com o que o apartamento oferecia.

"Eu ficava fascinada com a complexidade dessas coisas tão insignificantes pra gente. Era como se um mundo secreto inteiro se desvendasse. Eu não queria saber de televisão, revistas, nem nada. Mas claro, assim como toda mania de criança, aquilo foi passageiro. Eu adorava a aparência daquilo, mas sinceramente, eu não sabia nada sobre ciência. Provavelmente daria uma cientista horrível, nunca fui boa em química e biologia na escola, nem tive interesse. Ainda bem que encontrei algo que me satisfaz e eu faço bem, graças a Deus. Mas de vez em quando bate aquela dúvida, aquela vontade de saber como as coisas teriam sido se eu tivesse seguido essa carreira. Mas a única certeza que eu tenho quando imagino essa vida é o desgosto do meu pai e provavelmente o meu, também — Ela deixou uma pequena risada escapar com o nariz.

Bernardo poderia ser imortal, passaria anos tentando adivinhar qual profissão Patrícia seguiria, se tivesse escolhas infinitas, e seu palpite nunca seria cientista. Ela parecia tão extrovertida e espirituosa, era difícil imaginá-la trancafiada o dia inteiro em um laboratório realizando testes e anotando cálculos.

— Acho que você provavelmente fez a escolha certa, não é?

— Ah, sim. Com certeza, não me arrependo. Tenho para mim que essas dúvidas são naturais. Às vezes a gente sente que nunca está fazendo nada direito ou que estamos seguindo o caminho errado. É uma condição humana bem traiçoeira. Mas já que você tocou no assunto e eu já fiz a minha confissão, agora é sua vez. O que você faria se pudesse escolher qualquer coisa no mundo? — Ela começou a caminhar com o carrinho outra vez. Bernardo a acompanhou ao seu lado. De soslaio, ela teve a impressão de ter visto o rosto dele iluminar-se com a pergunta, como se estivesse esperando-a desde o início.

Patrícia esperava uma resposta de Bernardo, e ele, por uma fração de segundo, quase a concedeu. No entanto, ele pausou e reconsiderou o rumo da conversa e sua resposta previamente construída quando a ouviu falar. As palavras "condição humana traiçoeira" o pegaram de surpresa. Calado, Bernardo caminhou ao lado de Patrícia, passeando os olhos pelos produtos da seção de higiene.

Com o canto dos olhos, Patrícia o observava. Ela já conhecia aquele olhar vidrado. Bernardo estava presente em corpo, mas sua mente zarpara.

"*Como nós poderemos algum dia ter certeza de qualquer coisa que fazemos? Precisamos apenas aceitar nossas próprias decisões, esperando* que nossos acertos suplantem os erros. *Isso quando conseguimos distinguir o que é certo e o que é errado. Essa é verdadeira condição humana. E ela é mesmo muito traiçoeira.*" Bernardo permitia que suas pernas o guiassem para qualquer ponto ao lado de Patrícia enquanto ele tentava desconstruir seus pensamentos até que fizessem sentido. Pior ainda, faziam sentido, e por isso eram assustadores.

Um ligeiro calafrio alertava Bernardo sobre o peso dessas conclusões. Ele procurava se convencer de que estava se preocupando demais. Não tinha controle sobre seu destino, então o que poderia fazer? Ele sorriu em uma tentativa de ludibriar a si próprio e agarrou uma embalagem de fio dental à sua frente como uma corda redentora em meio a uma enchente.

— Nós estamos precisando de fio dental? — Ele se virou para Patrícia, sua voz soara abrupta.

Espantada pela repentina mudança de assunto após tanto tempo em silêncio, ela replicou rapidamente.

— A não ser que você, senhor fumante inveterado, tenha desenvolvido uma súbita preocupação com a sua saúde dental, algo do qual eu nunca vi você expressar interesse, nós podemos deixar isso aí. Até porque, veja você, isso não está na nossa lista. — Ela sacudiu o rol mais uma vez próximo ao rosto dele.

Bernardo soltou o ar pelo nariz, pesaroso, e guardou o produto novamente sobre a prateleira.

— Tudo bem, então, vamos aos próximos itens dessa lista sagrada. O que ainda falta?

Patrícia parou de empurrar o carrinho e olhou para ele com uma expressão espevitada.

— Bom, o que ainda falta é o senhor me responder o que eu perguntei há dez minutos: quando você era criança o que você queria ser quando crescesse? Você puxa o assunto, me faz falar e agora tenta desconversar? Ainda estou esperando! — Ela falava em um tom de cobrança lúdico, com os braços cruzados.

Ele parou, rendido, e virou-se para ela.

— Eu queria falar, mas isso foi antes de você falar sobre seu sonho de querer ser cientista. Agora eu me sinto meio envergonhado. Não vou ser interessante como você. — Era sua última tentativa para pôr uma pedra sobre o assunto.

Patrícia não se importou nem por um segundo.

— Ué, antes você parecia tão animado para falar sobre isso. Defendeu a linda mensagem das salsichas, ficou insistindo quando eu não quis falar e agora não quer mais? Desembucha!

Ele respirou fundo e retraçou seus pensamentos antes de se aproximar dela. Por toda sua existência vivera sob uma convicção de que não queria ser nada quando crescesse. Não era ambicioso, tampouco um sonhador. Quando outras crianças discutiam suas aspirações ao seu redor, elas se imaginavam como cantores, jogadores de futebol ou astronautas.

Bernardo não as entendia, assim como não compreendia Patrícia como uma cientista. Ele só queria ver televisão após o horário de dormir e tomar sorvete antes de almoçar. Uma vida simples para um homem sem exigências. Qualquer emprego que lhe pudesse trazer isso já estaria de bom tamanho e ele se dava por satisfeito. Orgulhava-se e enchia o peito para defender este discurso. Mas por alguma razão, ao lado de Patrícia, naquele corredor de supermercado, não se sentiu à vontade para compartilhar tal sentimento.

Ele se lembrava do dia em que se casaram e sua promessa em não ser um fracassado. Esforçava-se na empresa, mas não era reconhecido. Tinha medo de largar tudo e começar do zero, de abrir mão do que já era garantido e jamais conseguir de novo. Mas não poderia falar nada disso. Não tinha como.

Ele se aproximou e a segurou pela cintura, passando os dedos por entre as alças da calça jeans.

— Eu queria ser jogador de futebol. Ridículo, não é? — Ele forçou uma gargalhada para parecer mais crível.

Patrícia não resistiu e se contagiou pelo riso. Ela soltava risadas longas e ininterruptas ao imaginá-lo em um campo, de uniforme.

— Tudo bem, Bernardo. Agora eu entendo porque você não queria falar! — Ela se curvava para frente e os cabelos a escondiam como uma cortina encaracolada.

Ele a observou imaginando como ela teria reagido se ele houvesse contado a verdade, mas se conformara com aquela reação. Era o esperado.

Patrícia reergueu-se, recuperando o ar, e falou calmamente, quase que para si mesma.

— Uma cientista e um jogador de futebol. Seríamos um casal e tanto, hein? — Ela o cutucou com o cotovelo enquanto voltava a empurrar o carrinho.

— Seríamos, mesmo — ele respondeu sem vontade de pensar mais sobre aquilo, certo de que jamais seriam.

Eles percorriam pela seção de pães e Bernardo lembrava-se de Fernando e Ariane, não os via desde a lua de mel, mas ele gostava de pensar que o casamento deles já havia se arruinado devido às dificuldades de suas profissões. Sentia-se melhor — enquanto fazia compras com Patrícia — ao imaginá-los solitários em alguma capital europeia, com saudade, perguntando-se o que havia dado errado, exatamente como Bernardo previra no dia em que os conheceu.

28 . MARÇO . 2006

A cabeça de Patrícia ainda latejava levemente nas têmporas, mas ela já se repreendera o bastante por não ter adiado o jantar comemorativo para o fim de semana para continuar se martirizando. A dor já era uma companheira e ela só a sentia quando realmente não pensava em mais nada. E naquela manhã, não lhe faltavam ideias nocivas para lhe poluir a mente.

Ela batia os saltos dos sapatos fora de ritmo contra o carpete do escritório. Pelo menos agora tinha sua própria sala para ser vulnerável sem que os outros pudessem vê-la ou julgá-la.

— No seu primeiro dia, Patrícia? Sério? No seu primeiro dia? — Ela se ralhava. As unhas longas tamborilavam contra o tampo de vidro da mesa. — É melhor que eu me concentre para aquela reunião mais tarde, ou então esse vai ser meu primeiro e último dia nessa sala.

Patrícia encarava a tela do computador aguardando o chamado para a reunião. Sua caixa de entrada não mostrava nenhum e-mail novo, mas ela sabia que seu chefe em breve entraria em contato. Talvez ele fosse mais direto e telefonasse diretamente para sua sala. Ela olhou para o telefone. Silencioso como o restante do cômodo, ele só lhe criara mais expectativa e ansiedade.

Inúmeros cenários pipocavam em sua mente. Ela se imaginava gaguejando ou esquecendo o assunto da reunião e então vomitando sobre a mesa em um misto de nervosismo e efeito retardado do vinho tinto. Ela se lembrava das palavras de Bernardo sobre a pressão e a insegurança de começar o novo cargo e não acreditou que estava se deixando atingir por aquilo.

— Preciso parar com isso, já estou parecendo o Bernardo — ela se alertou, espantada.

Ela via as silhuetas transitando através do vidro fosco da porta da sala, mas não conseguia distingui-las. Homens de terno já são parecidos o bastante com uma vista limpa. Ela tinha certeza de que a qualquer momento, o Sr. Magalhães entraria por aquela porta gritando enraivecido — como se pudesse dizer que ela havia bebido na noite anterior — seguido de Carlos, aquele homenzinho nojento que disputou o novo cargo com ela até o fim.

Patrícia se lembrava do olhar entojado de Carlos quando fora parabenizada na frente de todo mundo do quinto andar pela promoção. Ela passava por ele diariamente para chegar até sua nova sala e sentia o ódio emanando de sua mesa, seu computador, ou até do terno dele pendurado sobre a cadeira quando ele não estava presente.

Vultos iam e vinham. Chegavam a centímetros da porta e então faziam uma curva. Os passos pareciam abalos sísmicos. Ela atualizou sua caixa de entrada. Nenhuma mensagem nova. A mais recente continuava sendo uma apresentação de slides religiosa, repassada por alguém que ela nem conhecia.

— Preciso pedir para tirarem meu nome da lista de mailing de alguns lugares — ela disse, em tom cansado.

O relógio do computador ainda marcava 9h30. Tinha um dia inteiro para se curar da ressaca ou morrer de ansiedade. Ela puxou o celular da bolsa para garantir que não haviam tentado contatá-la em seu número pessoal. Nenhuma chamada. Nenhuma mensagem.

— Talvez o Magalhães cancele a reunião, ele pode acabar ficando sem tempo. É isso, eu estou sofrendo por antecipação. Preciso me acalmar. Os remédios farão efeito e eu vou ficar bem. — Ela se levantou, largou o celular sobre a mesa e desceu o corredor até o bebedouro.

Patrícia amava o bebedouro daquele corredor, era o único que possuía água gelada o bastante para o seu gosto. De ressaca e desidratada, ela tinha vontade de arrancá-lo do chão, e carregá-lo até a sua sala. Deixaria-o ao lado de sua mesa.

Já estava no terceiro copo seguido, com o braço apoiado sobre o galão e respondendo "bom dia" para todos que passavam, agradecia um ou outro que a parabenizavam pelo novo cargo.

Ela se abaixou para se servir novamente e quase trombou em Carlos quando subiu, por pouco não derrubando alguns papéis das mãos dele, além do seu próprio copo, embora tenha molhado sua mão com os respingos.

— Perdão, Carlos, não vi você aí — ela se desculpou, áspera. De todas as centenas de pessoas que trabalhavam naquele edifício, Carlos era a que Patrícia menos queria encontrar. Isso, em um dia bom.

— Tudo bem aí, Patrícia? Nervosa no primeiro dia de diretoria? — Sua voz arrastada e o modo como sempre terminava suas provocações com uma risada cínica a deixavam com vontade de lhe esmurrar o nariz.

— Estou fantástica, Carlos. É como se eu tivesse nascido para isso, na verdade. — Ela enxugava a costa da mão contra a saia. — E você, tranquilo ainda lá no atendimento?

Ele a fitou com olhar contrariado, mas fingiu não ter ouvido a pergunta.

— Tem certeza? Estou achando você meio pálida. — Sua face dessa vez não esboçava expressão nenhuma.

Patrícia não conseguia dizer se Carlos estava blefando para atingi-la ou se seu mal-estar era notável a esse ponto. Para seu alívio, uma voz a salvou antes que ela precisasse agir por conta própria.

— Dona Patrícia, o Sr. Magalhães pediu para lhe chamar para a reunião agora mesmo — avisou uma secretária, aproximando-se.

Os batimentos cardíacos dela se aceleraram. Apesar de ter vindo na hora mais oportuna, Patrícia ainda temia dar vexame diante do patrão. Ela fez o seu melhor para ocultar as emoções.

— Obrigada, eu já estou a caminho — ela respondeu à secretária. — Bom, Carlos, eu adoraria ficar aqui conversando com você pelo resto da manhã, mas tenho essa reunião importantíssima com Sr. Magalhães e o resto dos diretores, então vejo você depois.

Patrícia deu as costas para ele e caminhou acompanhada da secretária, sem dar tempo para que ele pudesse responder. Ela queria se virar para ver a cara de tacho dele, mas sabia que estragaria a perfeição do momento se o fizesse. Além do mais, tinha preocupações maiores.

Patrícia dirigia para casa ainda aturdida. Ao longe — ou na sua imaginação — ela ainda podia escutar a sirene da ambulância. Seu corpo conduzia o carro como um piloto automático, pois sua mente ainda permeava como uma alma penada dentro da sala de reuniões.

A mesa retangular de mármore estava ocupada por membros da diretoria, preparados para discutir as metas do novo trimestre. Três homens engravatados de um lado, e mais dois do outro, Patrícia se encaminhou à cadeira na extremidade mais longe da cabeceira onde Magalhães se sentaria, mas fora interrompida por Geraldo, um homem grisalho e franzino.

— Eu sempre sento aqui, querida. — ele disse, segurando o recosto da cadeira com as mãos.

— Me desculpe, eu não sabia. — Patrícia respondeu desconcertada, e se acomodou entre Geraldo e outro homem.

Magalhães entrara por último e fechara a porta atrás de si. Seu corpo portentoso suava como de costume, Patrícia sempre tinha a impressão de que o seu pescoço — revestido por camadas espessas de gordura — estava sendo sufocado pela gravata e a gola da camisa.

Todos discutiam tópicos diferentes sobre o trabalho, abriam suas pastas ou faziam pequenas anotações em folhas de papel. Eles aguardavam Magalhães beber um copo d'água e se acomodar à cabeceira da mesa. Patrícia, a única mulher presente, permanecia quieta. Um mantra se repetia ininterruptamente dentro de sua cabeça: "Você é tão competente quanto qualquer um aqui. Você é tão competente quanto qualquer um aqui. Você é tão competente quanto qualquer um aqui."

Sua concentração fora quebrada somente pelo alto pigarro soltado por Magalhães, um hábito comum que ele sempre usara para dispersar conversas paralelas e direcionar a atenção para si. Ela prontamente virou a cabeça para ele, em conjunto com os outros.

— Bom-dia a todos. Bem, não preciso explicar os motivos dessa reunião, pois só trataremos das metas para o novo trimestre e nada de extraordinário. — Patrícia ouvia com atenção as palavras do patrão e agradecia por ele a não ter destacado durante sua introdução.

A voz dele continuava a discorrer sobre os assuntos em pauta. Conforme os segundos se passavam, ela sentia-se cada vez mais à vontade e pertencente ao grupo. Ela nem se dera conta, mas sua dor de cabeça, junto com os outros efeitos da ressaca, já havia lhe abandonado. Na verdade, nunca havia se sentido tão bem desde que começara neste emprego.

Estava ávida para dar suas opiniões quando a chance lhe fosse apresentada e tinha certeza de que suas propostas seriam bem-vindas por todos. Ela acompanhava o discurso de Magalhães com um sorriso discreto, mas nenhum olhar voltava-se a ela.

Magalhães, vez ou outra, interrompia a si próprio para enxugar o rosto com um lenço de algodão que guardava no bolso do paletó. Patrícia não tinha certeza, mas ele parecia transpirar mais do que o normal.

— Será que alguém poderia diminuir a temperatura do ar-condicionado? Está um forno aqui dentro — ele ordenou enquanto retirava o paletó e o pendurava sobre sua cadeira. Enormes manchas de suor se formavam sob suas axilas e ao redor do colarinho.

Geraldo era o mais próximo ao controle remoto. Ele diminuiu a temperatura de 20 para 17 graus, o mínimo possível.

— Abaixe mais! — ele ordenou novamente, levantando a voz e enxugando-se compulsivamente.

— Não dá para abaixar mais, Senhor, já está no limite — Geraldo respondeu quase que se desculpando.

Patrícia tinha um pressentimento ruim, mas, assim como os outros, não teve coragem de se pronunciar ou interromper Magalhães. Todos assistiam em silêncio, como espectadores em um teatro.

Magalhães levantou-se da cadeira e começou a marchar até a outra ponta da mesa, onde Geraldo se encontrava.

— Mas será possível que eu tenho que fazer tudo por aqui? Eu peço uma coisa simples e vocês são incapazes de fazer. Não posso acreditar que esse ar-condicionado já estava na temperatura mais bai... — Ele bufava e a voz saía com dificuldade. Antes que pudesse terminar de falar, o corpanzil de Magalhães desfaleceu sobre Geraldo, que pôs-se a gritar primeiramente de susto, depois de desespero e, por fim, de dor.

Geraldo sentia suas costelas se partirem ao cair de sua cadeira sob os 130kg de Magalhães. Ele exclamava de dor, mas a voz batalhava para sair, pois o peso sobre seu tronco lhe impedia de respirar apropriadamente. Ele tentava empurrar o patrão para o lado, mas seus braços frágeis careciam de pujança.

Patrícia lembrava-se do caos dentro da sala de reuniões enquanto observava um adolescente fazer malabarismo em frente ao seu carro, parado em um sinal vermelho. Ela via com clareza os três homens necessários para remover Magalhães de cima de Geraldo, enquanto este ainda berrava, como se a imagem lhe fosse projetada no para-brisa.

Ela assistia a tudo petrificada em sua cadeira. Uns bradando para que chamassem uma ambulância, outros correndo para fora da sala pedindo ajuda. Tudo que ela fez fora tentar alcançar seu celular, mas só então lembrou que o havia esquecido sobre sua mesa. Permaneceu estática com as unhas cravadas sobre os descansos de braço da cadeira, ainda tentando processar o que acontecia.

Em questão de segundos, sua grande e aguardada oportunidade profissional transformara-se em histeria geral ao seu redor enquanto um homem parecia ter acabado de morrer à sua frente. E ela não pôde fazer nada a não ser sentar ali e assistir, como se tudo não passasse de um filme.

A caminho de casa, ela tentava respirar aliviada após os paramédicos avisarem que Magalhães ainda estava vivo, apesar de ter sofrido um ataque cardíaco sério. O rosto de terror de Geraldo lhe perturbava ainda mais. Ela não o conhecia, mas estava certa de que aquele homem nunca havia sentido tanto pavor antes. Ela tentava imaginar como teria sido se houvesse acontecido com ela, que por pouco não se sentara onde Geraldo estava.

O pensamento lhe gelava a espinha, ela pensava não só no pânico, mas no impacto que aquilo causaria na sua vida dali em diante. Nunca sofrera um trauma forte. Percebeu que era mais frágil do que imaginava, apesar de gostar de ser durona.

Assim que as ambulâncias deixaram o edifício, todos os presentes na reunião foram liberados mais cedo para apaziguar o trauma. Ela queria trabalhar, mas não a permitiram.

Nem se sentia merecedora da folga, não havia feito nada a não ser sentar lá. No que dependesse dela, Magalhães poderia ter morrido e Geraldo acabaria tendo seu próprio ataque cardíaco, também. Ela pensou em Bernardo e em como sua forma física se assemelharia à de Magalhães dentro de mais alguns anos. Não queria ter mais uma vez essa conversa com ele, mas não tinha certeza se conseguiria evitar ao chegar em casa.

Snoopy saltitava de um lado para o outro no quintal como um filhote, perseguindo o pedaço de tecido na ponta da haste de plástico que Bernardo comprara na saída do pet shop.

Bernardo segurava o brinquedo com uma mão — sentado na grama — e executava pequenos movimentos circulares com o pulso, apenas o suficiente para mudar a trajetória e enganar as investidas do bichano. Sentia que poderia fazer aquilo o dia todo sem se cansar.

Ele pensava em Paulinha e tinha certeza que a garotinha ficaria fascinada com uma brincadeira tão simples. Ele conseguia ver os grandes olhos azulados da garota crescerem a cada novo pulo de Snoopy, na esperança de que dessa vez ele fosse conseguir. E ela cairia na gargalhada quando ele agarrasse nada além de ar, mais uma vez.

Então seu sorriso desaparecia ao lembrar que sua mãe dava mais atenção e amor àquela cadela irritante que à própria filha. Ele se perdeu nessa linha de pensamentos e não notou que parara de movimentar o brinquedo. Espantou-se quando Snoopy cravou as garras dianteiras e a boca contra a outra ponta da haste, atingindo alguns de seus dedos na investida.

Ele largou o gato e o objeto no chão com o susto. Snoopy rolava sobre a grama, alternando ataques à haste e às fitas. Olhou para os dedos, somente arranhões leves, não sangravam. Permitiu que o gato se entendesse com o brinquedo como achasse melhor, acariciou a nuca felpuda dele e se levantou para esticar as costas ainda doloridas e acender um cigarro.

Bernardo tragava lentamente enquanto assistia Snoopy ainda rolando na grama com as garras atracadas nas fitas. Ele gostava da inocência do animal e de como ele era facilmente entretido, sem se dar conta de que também estava se entretendo só em acompanhá-lo girar e se debater com um objeto simplório.

Ele olhou para a terra ainda remexida onde Tom havia sido enterrado apenas algumas horas antes e imaginava que ele o havia perdoado, onde quer que estivesse. Gostava de pensar que seu surto fora acidental e que Tom o compreendia. Não só o compreendia, mas também o admirava por ter adotado um gato mais velho e abandonado.

Bernardo sentia-se mais leve e um alívio pleno lhe invadia enquanto assistia Snoopy brincar despreocupado depois de tantos anos enclausurado.

— Nunca mais, amigo. Nunca mais — ele falava calmamente enquanto resquícios de fumaça ainda escapavam do fundo da garganta.

Ele apagou o cigarro no batente da porta e o largou na lata de lixo ao lado. Já se aproximava da hora do almoço e ele ainda não sabia o que faria para comer. Só então percebera que não comera nada desde aquele filé que mal havia encostado, na noite anterior. Deixou Snoopy para trás e foi até a cozinha considerar suas opções.

Bernardo estava curvado com a cabeça para dentro da geladeira tentando distinguir os alimentos sem precisar abrir os vasilhames. Ele apostou em um pote que parecia comportar fatias de carne de porco crua para passar, mas o bater da porta súbito da frente lhe tirou a atenção.

Intrigado, ele não tinha ideia de quem poderia ser àquela hora e andou rapidamente até a sala. Patrícia parecia um fantasma flutuando pelo corredor até ele, seu rosto estava pálido e seus olhos vidrados. Ela caminhou sem dizer uma palavra e o abraçou.

— Patrícia, está tudo bem? O que você está fazendo em casa a essa hora? — Ele punha os braços em volta das costas dela enquanto ela pressionava o rosto contra o ombro dele sem dizer nada.

Ele deu alguns tapinhas nas costas dela em consolo, completamente confuso.

— Aconteceu alguma coisa lá no trabalho? — Ele tentou novamente. Dessa vez ela reagiu. Ela se afastou dele e o olhou por alguns segundos, retraçando o que acabara de acontecer na sua mente e tentando encontrar por onde começar.

— Vamos para a cozinha, eu preciso de um copo d'água — ela falou casualmente e o deixou. Bernardo a seguiu, pensando se seu pequeno comentário havia causado algum efeito nela.

Patrícia serviu a água da jarra no copo e se sentou, Bernardo se recostou contra o balcão, de braços cruzados, curioso. Ela deu um gole longo e começou a falar.

— Tinha tudo para ser um dia incrível, não é? Diretora de marketing, a primeira mulher na história da empresa a ocupar o cargo. Eu estava super empolgada, mas é claro que eu fiquei com uma ressaca desgraçada por causa daquele vinho de ontem e ainda tive que falar com o idiota do Carlos logo antes de começar a minha reunião com o Magalhães e os outros diretores. Minha confiança foi parar no chão, mas tudo bem.

— Ah, mas você não tem o que temer. Você trabalhou bastante para chegar até aí — disse Bernardo, tentando reconfortá-la, embora um lado seu ainda gostasse de saber que ele poderia atingi-la.

— Exatamente! Eu consegui me recompor, pois sou uma mulher forte, decidida e perfeitamente capaz. Coloquei na minha cabeça que não devia nada a nenhum daqueles outros homens e que cheguei ali por mérito próprio. — Bernardo estava perdendo o interesse na história, já ouvira Patrícia falar o bastante sobre o quanto precisou batalhar para conquistar seu espaço. Ainda ontem ela fez questão de lhe esfregar isso, já não havia sido o bastante? Quando percebeu que suas palavras só alcançaram um efeito temporário, não quis mais saber.

Pela janela da cozinha, Bernardo conseguia espiar — com o canto dos olhos — Snoopy espreitando um gafanhoto no gramado. O gato rastejava sorrateiramente com a cauda ligeiramente erguida. Bernardo se desligara da mesmice de Patrícia e seguia os passos de Snoopy com discrição.

— Então eu mentalizei que minha participação seria inesquecível, me preparei para falar sobre minhas ideias e estava pronta para deixar todo mundo ali de queixo caído. — Snoopy esgueirava-se, estava a menos de um metro de distância agora. O gafanhoto estava parado sobre a folha de um arbusto.

"Mas antes mesmo que eu pudesse fazer qualquer coisa, o Magalhães passou mal, ele teve um ataque cardíaco e caiu em cima de outro diretor chamado Geraldo, que fraturou duas costelas! Ele estava do meu lado, quase que foi em cima de mim! — Snoopy havia parado de se mexer, o inseto já estava dentro do alcance de um pulo preciso. Bernardo meneava a cabeça para qualquer coisa que Patrícia estivesse dizendo, mas agora assistia a Snoopy em seu quintal como um documentário sobre vida selvagem.

"Eu fiquei horrorizada com aquela confusão, aquela gritaria. Não consegui pensar em nada, me senti péssima por não ter ajudado e depois eles ainda me mandaram para casa para descansar. Graças a Deus ninguém morreu, mas eu fiquei morta de preocupação com você, Bernardo. — O gato avançou para cima do gafanhoto ao mesmo tempo que Patrícia falara o nome do marido. Uma investida precisa, ele abocanhou o inseto e perfurou seu corpo com suas presas. Morte instantânea. Bernardo sacudiu o punho e não conseguiu ocultar uma pequena exclamação, como um torcedor de futebol.

Só então Patrícia entendeu que Bernardo deixara de ouvi-la há muito tempo. Ela se levantou da mesa, marchou até o balcão e lhe estapeou o braço.

— Bernardo, o que você está fazendo? Eu estou falando com você, seu idiota! — Patrícia não esperou uma resposta e acompanhou a visão dele para entender o que acontecia lá fora.

Snoopy caminhava com o gafanhoto na boca como um leão que carrega o corpo de uma gazela. Patrícia segurou o braço de Bernardo e perguntou, séria.

— Que gato é aquele, Bernardo? De onde ele apareceu? — Ele sentia as unhas dela se apertarem contra sua pele, quase perfurando-a.

Flagrado, ele tentou ser franco. Não era nada de mais, afinal.

— Você pode soltar o meu braço, Patrícia? Tá me machucando! O que deu em você? — Ele puxou a mão da esposa com força, libertando-se do aperto. — Aquele é o Snoopy, o nosso novo gato, eu o adotei hoje. Ele era um gato abandonado e eu o trouxe para nossa casa. — Bernardo explicava-se com um sorriso imbecil, ele não tinha ideia, mas assemelhava-se ao funcionário do pet shop, mais uma vez.

Patrícia não acreditava no que acabara de ouvir. Permitira a história chegar a esse ponto, pois pensara que ela terminaria por conta própria, mas aquela fora a gota d'água.

— Do que você está falando, Bernardo? Novo gato? Você está maluco? O corpo do Tom ainda nem esfriou e você já saiu correndo para conseguir outro? Dessa vez tinha que ser um gato velho e abandonado? Você se sente tão culpado assim? — Ela atirava as palavras como pedras contra ele.

Estava farta. Assim que o vira naquela manhã, sabia o que tinha acontecido e já não se importava mais em preservar os sentimentos dele, já que ele claramente não dava a mínima para os dela.

Bernardo a encarava espantado e com raiva. Ele não conseguia entender como ela poderia saber. Era tão transparente assim ou apenas desleixado? Como ela ousava despí-lo desse jeito?

— Culpa, Patrícia? Que merda é essa, agora? Por que eu sentiria culpa? — Sua tentativa de ludibriá-la fora pífia, ela nem se deu o trabalho de desmascará-lo.

— Bernardo, eu sei muito bem que você matou o Tom! Não sei que diabo te levou a fazer isso nessa sua mente doentia, mas você fez. Você fez algo que jurou pra mim, há anos atrás, que nunca mais faria. E eu deixei passar porque pensei que você estava angustiado com a vida que tinha agora e então achei que não precisaria falar alguma coisa porque você acabaria encontrando um rumo. Mas você se piora sozinho. Você se esforça para ser alguém ruim!

"O jeito que você batia com aquela pá na terra, com pressa, parecia que você estava escondendo um corpo de verdade, com medo da polícia chegar pra te prender. Qual o seu problema, Bernardo?! E você é tão ridículo que nem consegue arcar com as consequências dos seus atos. Não suporta a culpa por um minuto, sai correndo buscando um substituto para ver se assim você consegue fingir que o outro nunca existiu! Você se sente melhor? Se sente como um herói por ter resgatado um pobre gatinho abandonado horas depois de ter matado o seu de estimação?! — ela vociferava e Bernardo sentia cada palavra como facas quentes lhe perfurando. Elas atravessavam a barreira que ele usava para esconder suas mentiras — aquela que ele julgava ser intransponível — e o atingiam em cheio na alma. Ele as sentia queimar.

Ele abaixou a cabeça, não admitindo sua derrota, não por vergonha, mas porque não tolerava olhar para Patrícia enquanto ela o confrontava. Como de costume, ela precisava encontrar uma maneira de estragar sua alegria. Não basta ela ser a dona da casa, tê-lo como um servo enquanto ele não provia qualquer sustento. Ela tinha que levá-lo para jantares extravagantes e fazê-lo provar da comida cara que ela o fez comer. E então não entendia de onde vinha seus motivos para fazer o que fez? E ainda duvidava da sua bondade? Agora que encontrara uma gota de felicidade em Snoopy, ela também precisava tomá-la dele. Ele não permitiria.

— Quando você vai parar de tornar minha vida um inferno, Patrícia? — A primeira frase saiu como um sussurro, mas ela o escutou. Então sua voz foi crescendo conforme sua raiva se liberava. — Será que eu posso ter um dia de paz dentro dessa casa? Eu só escuto você reclamar o dia todo. Quando eu ainda tinha um emprego eu tolerava, pois lá era a minha válvula de escape, mas agora que eu estou sempre em casa parece que você não tem mais razão pra esconder todo o desprezo que sente por mim, não é mesmo?

"Me diz, o quanto te incomoda saber que você se casou com um fracassado? O quanto te incomoda que durante todos esses anos a sua família tinha razão sobre mim? E a minha também! Eu sei que a mim incomoda muito. Como incomoda! Mas você quer que eu seja franco? Eu já não ligo mais. Sabe por quê? Porque eu passei tanto tempo oprimindo a minha infelicidade, que agora que você me disse que já sabia o que eu tinha feito me vem como um alívio. Eu não tenho mais medo do que vai ser de mim. Você não pode me julgar, eu já fiz as pazes com quem eu sou e eu gosto de ser assim.

"Me chame de vagabundo, de fracassado, de doente mental, tenha toda a pena do mundo de mim e chame todos que você conhece pra sofrerem juntos. Pobre Bernardo, ele só tem a esposa para lhe ajudar nesses momentos difíceis. Quer saber, Patrícia? Você não ajudou! Você faz eu me sentir a escória da humanidade! Não é possível que você possa amar alguém como eu. Você só gosta de me ter por perto para que você possa se sentir melhor sobre sua própria vida. Como é fácil se sentir bem quando seu marido não consegue manter sua vida nos eixos e a cada tentativa ele falha mais miseravelmente do que na anterior.

"Só que dessa vez sou eu quem vai rir por último. Eu não ligo mais para nada disso. Já descobri que nada mesmo me dá prazer. Nem quando eu estrangulei o Tom, ali na nossa porta da frente. Eu pensei que aquilo fosse fazer com que eu me sentisse melhor, fosse trazer de volta aquela sensação que me fazia encontrar um sentido para a minha vida. Mas não, foi tão fugaz quanto qualquer outra das minhas tentativas de sucesso em qualquer aspecto da minha vida.

"Minha única vitória foi realmente ter me casado com uma mulher bonita como você, Patrícia. E por alguns anos eu acho até que experimentei o que foi ser feliz ao seu lado. Mas hoje isso também já não passa de uma recordação. Uma memória que me assombra, que não me deixa esquecer o quanto eu sou miserável. Portanto, você pode dar o seu melhor para tentar me envergonhar ou me humilhar, mas quero que saiba que nada que você faça ou diga vai ser pior do que a tortura que eu mesmo me submeto todos os dias. — Ele arfava. Não sabia que tinha tanto para dizer, mas agora se sentia realizado ao exprimir tudo. A cada palavra desferida, ele sabia que sua vida acabara, mas quase pôde sorrir após proferir a última delas.

Patrícia o olhou dos pés à cabeça. Ela sabia que Bernardo era perturbado. Soube desde o dia em que o conheceu, mas nunca imaginaria que as coisas chegariam a esse ponto. Acreditou que ela seria uma influência saudável a ele, mas agora aprendera que desperdiçara anos valiosos em um esforço inútil.

— Você é completamente doente, Bernardo. Eu não quero nunca mais ter que olhar para você na minha vida. Eu tentei por muito tempo te ajudar, te amar e tentar te fazer feliz, mas eu acho que você nunca quis isso, essa é a verdade. Eu também já não me culpo mais, pois agora tenho certeza do indivíduo doentio que você é. Se eu sou o principal motivo da sua infelicidade, você pode ser feliz em qualquer outro lugar. Pegue suas coisas e suma. Vá morrer sozinho, pois é isso que você merece. Mas você não vai levar aquele gato inocente com você, eu não posso permitir — ela falou no tom mais decepcionado que Bernardo ouvira em toda sua vida e partiu em direção à porta do quintal para pegar Snoopy.

Bernardo a segurou pelo pulso e gritou.

— Você não vai tirar de mim a única coisa que ainda me alegra, Patrícia. Eu não vou deixar!

— Bernardo, larga o meu braço! Vai embora! Você não vai passar por mim! — ela exclamava, não tinha medo dele. Ela finalmente o via como o homem patético que sempre preferiu crer que não fosse. Ela se debatia, girava o pulso para um lado e para o outro, mas ele não a largava.

Quando se deu por si, Bernardo estava se divertindo com aquilo. Ele a controlava e apertava seu pulso com gosto. Segurou o outro pulso para que ela não pudesse lhe bater. Um sorriso sombrio lhe tomou o rosto e agora Patrícia temia. Nunca vira Bernardo daquele jeito, mas lembrou-se exatamente do dia em que ele confessou ter matado todos aqueles gatos em sua infância. Ela imaginava que este fosse o seu semblante, mas era ainda pior na realidade.

A adrenalina entorpecia Bernardo de um jeito que ele não sentia desde que matara pela primeira vez. Ele pensava que o sentimento estava perdido para sempre, porém era tão vivo que ele sorria de felicidade. Por alguns minutos, sua existência possuía um propósito. E como era gostoso.

Em uma tentativa desesperada, Patrícia acertou uma cabeçada no queixo de Bernardo. A dor lhe instigou ainda mais, como adorava quando reagiam. Amava que lhe dessem um motivo para seguir em frente. Como sentia falta. Agora ele estava convicto, teria de ir até o fim. A ansiedade lhe invadia quando ele imaginava o quanto aquilo ainda iria melhorar.

Em um esforço brusco, ele arremessou Patrícia contra o chão, sua nuca bateu contra o piso da cozinha em um baque seco. Ela se sentiu atordoada e não notou quando Bernardo prendeu seus braços sob os joelhos dele. Ela se debatia, mas o corpo dele era pesado demais.

Ele a encarava sem dizer uma palavra, apenas a penetrava com o olhar. Patrícia tentava não retribuir, mas algo dentro dela lhe forçava a fitá-lo de volta, como um mecanismo de defesa que não queria ceder o gosto doce do medo a Bernardo tão facilmente. Em vão, no entanto, pois ele conseguia sentir, já sentira várias vezes antes.

Ela gritou, mas ninguém na vizinhança a escutou. Se escutaram, não se importaram. Agora ela sabia como era estar prestes a morrer, logo após um breve susto na sala de reuniões, agora ela tinha uma noção muito mais plena do que aconteceria em seguida. Patrícia pensava se foi isso que Magalhães e até mesmo Geraldo sentiram.

Imaginava no que eles haviam pensado, de quem se lembraram e se fizeram suas vidas valerem a pena. Mas para eles era diferente, tiveram uma segunda chance. Uma oportunidade de corrigir seus erros e começar de novo. Ela pensava em seu pai, no quanto ele se culparia por ter permitido que aquilo acontecesse. Bernardo não escaparia daquilo ileso. Ela tinha certeza.

Ela pensou na ironia que sua vida havia se tornado, à beira de ser morta pelo próprio marido no mesmo dia em que começaria o novo cargo no trabalho, tudo porque outra quase morte a fez ir para casa mais cedo. Pensou no quanto deveria ter viajado mais e, se no fim das contas, poderia ter sido uma grande cientista. Ela gostaria de pensar que sim.

Patrícia não tinha mais medo, agora. Entregava-se a Bernardo ciente de que a existência dele jamais chegaria aos pés da sua. Sentia pena do ser humano que ele era, do quanto suas necessidades eram ridículas e sua raiva mesquinha. No desgosto e na vergonha que ele seria para toda sua família. Por um instante ela quis rir do quanto ele era mesmo patético. Ela o encarou uma última vez, não tinha mais medo. Fechou os olhos e aceitou o seu destino.

Bernardo baforava para o alto ao lado de Snoopy. O prazer de ter se livrado de Patrícia o tomava por completo. As dúvidas não mais o importunavam. Ele ainda se arrepiava de contentamento ao lembrar de seus dedos afundando contra o pescoço dela. Era isso que procurava por toda a vida. Matá-la era um mal necessário para que ele pudesse ser feliz. Feliz como ele pensou que pudesse ser ao lado dela. Como uma ponte que o transportava para outro plano astral há tempos inalcançável.

Ele gostaria de tê-la agradecido por isso — antes de matá-la —, mas sua excitação acabou lhe fazendo esquecer. Ainda assim, ele sabia que não teria muito tempo para aproveitar suas próximas horas. E já se conformara com isso desde o segundo em que decidiu ir em frente com a ideia.

Esmagou a ponta do cigarro no cinzeiro de vidro sobre a mesa de centro e foi até a cozinha. Patrícia ainda estava estirada no chão, encostada contra o balcão. Ele admirou por um tempo, ainda estava bonita. Patrícia não fora feia por um dia durante toda sua vida, aquilo estava além da compreensão de Bernardo. Sua beleza seria eternizada como a de várias atrizes de cinema, agora.

Ele agachou e a pôs sobre o ombro — como aprendera em filmes sobre bombeiros — aquele era o melhor jeito de carregar alguém desacordado. Levantou-se com certa dificuldade, a coluna ainda doía. Ele soltou um gemido alto e longo, mas conseguiu pôr-se de pé.

Snoopy o observava de longe, somente sua cabeça poderia ser vista por detrás do sofá. Ele a inclinou suavemente para o lado, curioso ao ver Bernardo carregando Patrícia escadas acima, os passos pesados a cada novo degrau conquistado lhe tiravam a concentração para pegar no sono. Sabia que não conseguiria dormir, então desceu do sofá e foi até a escada acompanhar de perto.

O gato o seguiu por todo o trajeto, das escadas até o quarto do casal, onde se sentou sobre a cama segundos antes de Bernardo soltar o corpo de Patrícia com cuidado no lado onde ela costumava dormir. Ele posicionou os braços dela ao lado do tronco e fechou os seus olhos. Não fosse pelas roupas de trabalho, qualquer um presumiria que ela estava dormindo.

Bernardo deu a volta na cama e sentou-se ao lado de Patrícia. Snoopy também aproximou-se dela, ele a cheirava, curioso. Por alguns minutos, o quarto todo permaneceu em silêncio absoluto. Não se ouvia o canto dos pássaros, o ruído do vento ou os carros transitando pelo bairro. Bernardo contemplou aquele silêncio. Era como se, em muito tempo, nada o atormentasse. Ele respirou fundo e se levantou.

Voltou com um caderno velho em uma mão e uma caneta na outra. Rabiscou algumas linhas para ver se a carga de tinta funcionava. Arrancou aquela folha e começou a escrever na próxima.

Ao terminar, ele arrancou com cuidado a página para que não se rasgasse no arame. Fechou o caderno e o jogou para o outro lado do quarto. Snoopy saiu de perto de Patrícia e esfregou-se contra a cintura de Bernardo. Os pêlos macios eram gostosos até mesmo por cima da blusa.

Bernardo mirou Snoopy com um olhar penoso e deslizou as costas dos dedos por sua cabeça, passando pelo lombo até a ponta do rabo. Repetiu o afago por mais três vezes.

— Desculpe-me que nossa amizade tenha sido tão curta, amigo. Eu não queria ter quebrado minha promessa, mas sei que você encontrará outro lar — ele falou em despedida.

Ele se deitou ao lado de Patrícia e olhou para ela uma última vez.

— Você sempre teve razão, Patinha, sobre tudo. Mas eu precisava fazer aquilo, era mais forte do que eu. Mas agora prometo que nunca mais farei. Essa promessa eu sei que vou cumprir. — Ele afastou os cachos dela para lhe beijar a bochecha.

Bernardo encarou o teto por alguns segundos, considerando suas decisões, mas já convicto de que não tinha outra escolha. Snoopy se acomodou no vão entre o casal e deitou. Bernardo desafivelou seu cinto de couro e o envolveu contra o próprio pescoço.Respirou fundo, fechou os olhos e usou as duas mãos para puxá-lo, com toda a força.

* * *

No breve instante que lhe restara de consciência, ele ainda tentou refletir sobre o que poderia ter feito para que seu fim fosse diferente, mas antes que pudesse pensar demais, ele sentiu os pulmões fazendo força para puxar o oxigênio com urgência. Sua vista escureceu e uma tontura intensa o consumiu. As mãos, firmes, cerradas contra o couro, se afrouxaram quando a cabeça de Bernardo rolou para o lado, já inconsciente.

Como quem desperta de um pesadelo hiper-realista, Bernardo acordou em um salto. Ele respirou profundamente, de modo instintivo, e o ar adentrou mais uma vez suas vias aéreas. Confuso, ele levou as mãos até o pescoço.

Tudo doía por onde passava as mãos, principalmente o pomo-de-adão, que ficara diretamente contra a fivela do cinto. Acariciando com cuidado a área machucada, como alguém que acabara de sobreviver a um acidente e não como um suicida frustrado, Bernardo levantou.

De pé, ao lado da cama, Bernardo encarou Patrícia com o cinto frouxo ainda pendurado no pescoço e balançando contra o peito. Ele puxou a ponta solta com toda força mais uma vez, mas abriu os dedos assim que o quarto começara a escurecer de novo.

Ele quase se desequilibrou com a vertigem, mas deu dois passos para trás para manter-se de pé. Enraivecido ao compreender que não conseguiria morrer como havia planejado, Bernardo removeu o cinto do pescoço e o atirou para o outro lado do quarto. Ele se sentou ao lado da cama para analisar o que faria em seguida.

— Eu deveria... — Bernardo tentou falar, mas a garganta ferida tratou de lhe avisar que precisava de mais tempo para se recuperar. Ele tossiu por alguns segundos, curvando-se para frente com as mãos nos joelhos.

Eu deveria estar morto. Pensou, inconformado.

Mais do que inconformado, Bernardo sentia-se injustiçado. Por que não estava morto? Merecia estar morto, sem sombra de dúvida. E de que outro jeito poderia se matar senão estrangulando-se? Ele acreditava ser um castigo proporcional, já que exerceu a mesma prática com tantos outros seres indefesos por tanto tempo.

Ele virou a cabeça e mirou Snoopy outra vez. O felino ainda estava deitado na cama. Aninhado ao lado do corpo de Patrícia, ele soltava um bocejo preguiçoso.

"Indefesos". A palavra se repetiu na mente de Bernardo sem pedir permissão. Talvez esse fosse o problema.

Bernardo não era digno de morrer como as criaturas inocentes que assassinou. Era um fim bom demais para ele. Precisava sofrer ainda mais.

Por alguns minutos, nada aconteceu. Snoopy, com os olhos entreabertos, observava Bernardo estático à beira da cama. Seu dono agora estava com a cabeça enterrada nas duas mãos, com os cotovelos apoiados nos joelhos. De costas, era impossível distinguir se Bernardo estava calmo ou nervoso, mas seu semblante não deixava dúvidas.

Os olhos, fechados com força, evidenciavam ainda mais os seus pés-de-galinha e os dentes pressionados uns contra os outros rangiam. Pôs-se de pé mais uma vez e marchou até o banheiro.

A pia e o piso ainda estavam molhados com a água que Bernardo atirara contra o próprio rosto há poucos minutos. Ele andou com cuidado até o balcão, onde já conseguia enxergar a marca quadrada da fivela se avermelhando em seu pescoço. Em breve se transformaria em um hematoma, mas não faria mais diferença.

Sua vista desceu até o balcão e passeou pelo tampo de granito. Perfumes, desodorantes, cremes, escovas e creme dental. Inúmeros grampos de cabelo, bolas de algodão e estojos de maquiagem. Aquele espaço pertencia a Patrícia quase que inteiramente, mas no canto onde o granito encontrava a parede, logo abaixo do interruptor de luz, estavam alguns objetos de Bernardo.

Não o colírio, o fio dental ou a lata de creme de barbear, mas a lâmina do barbeador. Embrulhada em um grosso papel marrom, à moda antiga, como Bernardo aprendera na adolescência. Estava prestes a ganhar uma nova função. Uma que ele já assistira nos filmes, mas nunca pensou que veria na vida real.

Ele removeu o papel com cuidado para não cortar os dedos e segurou o pequeno retângulo metálico. Suavemente deslizou a ponta do indicador ao longo de toda a extensão do fio da lâmina. Afiada como uma espada, e como tal, pronta para tirar sangue.

Não tem como voltar depois disso aqui. Pensou, decidido.

Com a lâmina segura entre as pontas dos dedos indicador e médio, Bernardo caminhou de volta ao quarto e olhou para Patrícia mais uma vez ao sentar-se à cama. Em sua cabeça, ele se desculpava à esposa pela sujeira que estava prestes a causar. Ele deixou a lâmina sobre o criado-mudo e pegou Snoopy com as duas mãos, posicionando o bichano sonolento do outro lado do corpo de Patrícia, para que sua pelagem branca não fosse manchada. O gato abriu os olhos levemente e se acomodou no braço direito de Patrícia.

Embora decidido, Bernardo ainda estava hesitante com o ato em si. Não sabia se tinha coragem de aguentar a dor, por mais que entendesse que aquilo era o que merecia. A voz que martelava "Precisa ser feito" voltou a ecoar no vão da sua mente. Volta e meia chamando-o de covarde, também.

Bernardo tentou ignorar a voz, embora admitisse que ela tinha razão. Procurando não pensar demais, ele recostou a coluna na cabeceira da cama, pegou a lâmina e a segurou à altura dos olhos, vidrado. Encarava o pequeno objeto como uma saída. Um alívio definitivo, se estivesse disposto a cometer o sacrifício.

Depois disso, nada mais vai importar. Pensou, encarando seu reflexo distorcido na superfície espelhada. *A dor é passageira e é o que eu mereço.*

Com a mão firme, ele desceu a lâmina até o pulso esquerdo e pressionou uma das quinas do retângulo contra a pele. No último segundo, fechou os olhos e virou a cabeça para o lado ao sentir o metal lhe perfurar. Num instinto, puxou a mão para cima, rasgando o antebraço quase até a altura da articulação do cotovelo.

Bernardo não precisava abrir os olhos para saber o que era aquele líquido quente se espalhando por todo o seu braço e encharcando os lençóis. A dor, como esperava, era aguda, mas ele esperava algo pior.

Antes que perdesse as forças, ele passou a lâmina vermelhecida para a outra mão. Estava escorregadia entre os dedos e o corte ardeu ainda mais quando ele precisou fazer força para penetrar a pele de novo.

Quando o sangue começou a jorrar do pulso direito, Bernardo largou a lâmina ao seu lado, e escorregou o tronco lentamente para baixo até sua cabeça pousar sobre o travesseiro. Ele finalmente criou coragem e abriu os olhos. O sangue aos poucos tomava a brancura dos lençóis, avançando vagarosamente, como a maré enchendo. Ele observava entretido enquanto o líquido percorria de seu lado da cama para o de Patrícia, até encostá-la.

Não tinha certeza de quanto tempo já havia se passado desde que os cortes se abriram, mas Bernardo tornara a se sentir fraco e tonto, como quando teve sua garganta imprensada. Involuntariamente, ele respirou fundo e o ar que lhe preencheu os pulmões lhe fez sentir que tudo ficaria bem. Ele tentou sorrir, mas o corpo enfraquecido não lhe permitiu.

As mãos caíram sobre as pequenas piscinas que se formavam sobre o colchão, espirrando sangue no rosto e no cabelo de Patrícia e perturbando o sono de Snoopy. O felino levantou apenas a cabeça para descobrir a fonte do barulho. O corpo de Bernardo, inerte, o encarava com olhos escancarados e sem vida.

A janela entreaberta permitiu a entrada de uma brisa desavisada no quarto, na esperança de agradar alguém naquele cômodo apagado. Snoopy levantou-se curioso e foi até o parapeito investigar. Então saltou para fora da casa e seguiu seu caminho, mais uma vez. O vento ainda brincava dentro do quarto, mas tudo que conseguiu foi fazer a folha de papel cair da mesa de cabeceira contra o chão áspero.

A caligrafia jeitosa de Bernardo evidenciava sua calma perante a própria morte. Nenhuma palavra tremida, do início ao fim, um bilhete que mais se assemelhava a uma mensagem alegre, se visto de longe.

"Durante toda minha vida procurei uma razão para viver, desde criança, mas nunca fui capaz. Não nasci para fazer uma diferença e não causei nada além de sofrimento aos que me rodeavam. Por anos tentei esconder esse meu lado e viver uma vida normal, mas sempre soube que merecia ficar sozinho. Fui um ingrato, um incapaz. Nunca consegui ouvir a verdade e só encontrava alegria e alívio quando fazia as coisas mais horríveis contra criaturas indefesas. Não me orgulho da vida que levei, mas é com pesar que também confesso não ter arrependimentos. Aceitei quem eu era na minha mais pura essência e consegui ser feliz em meus últimos momentos. Várias vezes tentei ignorar os chamados desse meu instinto, mas não consegui, pois sou um fraco. Nesse breve lampejo de razão, decido me impedir de ser o que sou, para sempre. Antes que seja tarde, me despeço e não quero ser lembrado. Pois isto é o que eu sou e o que sempre fui. Não posso mudar. Por mais que tente."

Este livro foi composto com as fontes
Meridien e Minion e impresso em papel pólen
na Prol Editora Gráfica para a Editora Empíreo.
São Paulo, Brasil, agosto de 2016.